明碧轩吟稿

【增订本】

仇幼鹤 著

安徽师范大学出版社
ANHUI NORMAL UNIVERSITY PRESS
· 芜湖 ·

图书在版编目（CIP）数据

明碧轩吟稿／仇幼鹤著．— 增订本．— 芜湖：安徽师范大学出版社，2020.9

ISBN 978-7-5676-4766-4

Ⅰ．①明… Ⅱ．①仇… Ⅲ．①诗集—中国—当代 Ⅳ．①I227

中国版本图书馆CIP数据核字（2020）第168629号

明碧轩吟稿（增订本）

MINGBIXUAN YIN GAO（ZENGDINGBEN）

仇幼鹤◎著

责任编辑：辛新新　责任校对：潘　安
装帧设计：张　玲　责任印制：桑国磊
出版发行：安徽师范大学出版社
芜湖市九华南路189号安徽师范大学花津校区
网　　址：http://www.ahnupress.com/
发 行 部：0553-3883578　5910327　5910310（传真）
印　　刷：江苏凤凰数码印务有限公司
版　　次：2020年9月第1版
印　　次：2020年9月第1次印刷
规　　格：880 mm × 1230 mm　1/32
印　　张：9.75　插　页：4
字　　数：300千字
书　　号：ISBN 978-7-5676-4766-4
定　　价：49.80元

2012年，作者和妻子游瑞士小镇琉森留影并题诗

游经瑞士小镇琉森，忆及一百五十年前俄国作家托尔斯泰寓此，并写出短篇小说《琉森》

百五年前杖履风，明湖雪岭古今同。

琉森古镇鸿爪事，尚有骚人忆托翁。

序——读《明碧轩吟稿》杂记

祖保泉

我与仇幼鹤先生由相识到相处已历时五十多年了。一九五二年秋，我被调入安徽大学（当时设在芜湖）中文系任教，他也于这年秋天考入安徽大学中文系学习。九月中旬开学后，我的老师张涤华教授因眼疾需要休息，委托我代授原来由他主讲的中文系一年级课程中国语文概论，恰好仇幼鹤就在这个班学习，于是我们有了师生之缘。一九五五年五月，组织上任命张涤华教授为中文系主任，我为副主任，而仇幼鹤于一九五六年毕业，留在系里当助教，我和他成为同事。

一九五八年、一九五九年『大跃进』，安徽教育事业也随之大发展，在合肥建立合肥师范学院，合肥师范学院文、史、地三系的师生是由原在芜湖的安徽师范学院奉命『一锅端』到合肥师范学院的，因而，我与仇幼鹤先生又在这所新校成为同事。

一九六〇年初，合肥师范学院领导提出要中文系主办《学语文》杂志，并任命我为总编辑，由我全面负责，我不是三头六臂的角色，要找合适的帮手，于是我找来仇幼鹤、沈辉两位先生。仇、沈文笔流畅，又善于办事，经过一个月的筹备，《学语文》杂志于一九六〇年五月面世了。《学语文》出刊六期，因全国缺乏纸张，与国内许多报刊一样，只好停刊。在我与仇、沈日日相处中，粗知仇的学习经历，他上过私塾，读过一些古诗词，练习过诗的格律和对偶之类的基本功。

二十世纪七十年代中期，幼鹤先生在中文系教写作课，并讲授文章学，是中国文章学研究会的早期主要成员之一，与同仁合著文章学方面著作数种。也就在这个时期，张涤华教授主持的语言研究所和我负责的中文系决定恢复停刊二十多年的《学语文》杂志，由张先生任主编。我作为副主编又出面把幼鹤先生拖出，让其负责编辑部工作。

二十世纪九十年代初，幼鹤先生退休后，便以吟咏自乐。他曾告诉我：『有人退休有失落感，我没有。失落什么呢？衣食无虞，让我们自己支配时间，有什么不好？』在这一点上，我与他有同感，便说：『你能「饮之太和」才「独鹤与飞」呀！淡泊自处，必有安乐，我愿致祝贺！』

自一九九二年始，我在《中国韵文学刊》上读到幼鹤先生的诗，便深深理解他老有所乐的着力点；十二年后的今天，他送来大作《明碧轩吟稿》，说是『请审读，高兴了，就写几句评语，作为序』。老友的心愿，我怎能不从，当写几句读后感相奉。

拜读全稿之后，我在稿本的附页上写了十六个字：『知足常乐，怡然自安。发而为诗，意趣盎然。』

过两天，再读一遍，觉得我题的十六个字符合幼鹤先生的真实性格，于是再赘两条笺语：

一、当年系里工作人员多，难免有人在提升职称、增加工资、调整住房、安排子女就业等问题上有所计较，而幼鹤先生从来不为这类问题给系里添半点麻烦。他有贤妻协助，事事顺遂。

二、『幼鹤』中的『幼』字，表明了他在家庭中是幼弟，少年时有父兄照顾，而父兄又是他的塾师，这就养成了他除学习外，对世事不太关涉的性格特点。成长后，作为师范生、大学教师，身在校园，也涉世有限。他遇事无争，便也安然自适。因而，反映在他的诗里，就有一种安然自乐的神态，容我举两个例子：

秋夜

一枕清凉风送入，半窗疏影月移来。夜长梦短思无绪，卧看流萤绕树回。

杂兴六首（其五）

人在黄昏兴未移，草绵风软两相依。老妻仍有童心在，戏学归禽恰恰啼。

我借例指明这些诗构思绵密，措辞不雕不琢而一任自然，生活情趣自在其中，这就是《明碧轩吟稿》的特色，亦可称之为『仇幼鹤风格』。

自序——我与诗词

《明碧轩吟稿》辑录了我五十多年来断断续续写的四百多首诗词，其中以近十三四年写的为主。这种前少后多的情况，使我产生一些想法，便以《我与诗词》为题把它写出作为代序。

我与诗词的关系，既长又不长。说长是指我早在童年时代就经常接触它：我父亲是一位乡村塾师，他教的都是十五六岁及以上的学生，即所谓『经馆』。父亲在世时，由于我年龄较小，他并未直接教我学习写诗，但我从他教的学生以及我的哥哥、姐姐那里却受到这方面的影响，经常跟着他们读诗词，对对子，押诗韵。

父亲去世后，大哥也以教私塾谋生，他教的也是『经馆』。他的教学思想比较开明，不以四书五经为主要教学内容，而以诗词以及历代优秀散文为主要教学内容。读诗词，谈诗词，学习写作诗词是经常的教学活动。他自己的诗词也写得不错。师生之间、同学之间经常联句、唱和。其实我并没有受过完整的、系统的诗词训练或教育，多半是耳濡目染，或作些游戏似的吟唱，使我学会哼诗、作诗、调平仄、押韵以及对对子之类的基本功，更重要的是，这一时期培养了我对诗词（特别是诗）的喜爱。记得最早（八九岁时）学写的两句诗：『独立缸沿上（我家园子里有一株牡丹，栽在一口大缸里，入秋后牡丹枯了，我便爬到缸上去玩），芭蕉打我头。』下面我便接不下去了，哥哥姐姐们便启发我添了两句：『西风吹大地，篱菊放三秋。』后来这首诗便成了我的处女作。打这以后，一直到一九五二年，我上安徽大学读书也写过一些诗，但都因时势变迁，心情变化，并没有认真保留下来。在这个集子里最早的一首诗是一九四八年夏秋之交写的《夏日池州晚泊》。

进入安徽大学之后，自觉时代变了，不兴写旧体诗了，我的兴趣渐渐淡了。所以一直到一九九〇年底退休，将近四十年，我只断断续续写了几十首诗，而保存下来的就更少了。退休后，由自己支配的时间多了，又没有了功利方面的追求，只想找一些可供自己消遣的『玩意儿』做做，于是便把多年前曾经爱好的读诗词、写诗词重新搬出来。自那以后，一发不可收拾，有时一月之内写好几首。或因某一触动，一连写好几首。我写诗之所以较多、较快，主要是为了抒发心情，写实际生活感受。只要一有触动，我便想写；如果没有触动，我绝不勉强自己去写应景诗、遵命诗，更不为附庸风雅，写一些装门面的诗。

我这近十二三年写的诗，是前四十多年（一九四八年至一九九〇年）写的诗的十多倍，从这一事实看，我觉得自己真正写诗的时间又是不长的。

我对自己学诗、写诗的经历，经过一番思考，觉得有这么几点值得一提：

第一，学习写诗词，固然要经常地踏踏实实地多读诗词、多练基本功、多习作，但我觉得营造环境、培养兴趣也是很重要的。从某种意义上说，后者比前者更容易见到效果。

第二，一个人如果从小就能够多读、多背诗词，并引导他从哼诗词入手，学习写诗词，只要多下功夫，多一些积累，即使以后忙于学校功课、专业研究或职务工作几十年顾不上它，但只要兴趣没有完全消失，一旦有适当的机会，兴趣就高涨起来，早年学习诗词的底子还能起作用，帮助他恢复、发展他在诗词方面的才能。

第三，以上两点，或许只能起到使人爱读、爱写、会读、会写的作用，但要达到较高的水平，写出好的诗词来，还是要多读、多欣赏优秀的诗词作品，感悟其思想深、艺术高、境界美、情调雅。这种感悟有时不一定能说得出来，但久而久之，却能使自己的诗词写作得到提高。此外对诗词理论和诗词鉴赏方面的论著的学习也是不可或缺的。我自己在这方面就有些感受。由于青少年时读诗词、写诗词，都是从兴趣出发，怎么想就怎么写；爱什么就学什么，不大去碰诗词理论；有时即使读一点分析鉴赏方面的文字，也不去深究。以后长期在大学里教书，由于专业不同，在这方面接触也不多。这几年退休下来，除了读诗词、写诗词之外，有时也看看这方面的书刊，觉得自己过去读诗、写诗，在一定程度上存在着『不求甚解』的味道，甚至带有自发性和盲目性。

第四，单从写作诗词来说，一定要把诗词从象牙塔里请出来，让它多与生活中的实际感受结合起来。让诗词来表现生活，表现生活中的实际感受，使生活和感受诗词化，使生活和感受与诗词同在，与诗词俱美。做到了这一步，自己的写作兴致自然也就高起来了。生活和感受是无穷无尽的，诗词的写作兴趣、写作灵感也会不断产生，不断涌现，诗词创作的源泉才不会枯竭。

目录

二〇〇〇年

二〇〇一年……八二

目录

二〇〇三年

明碧轩闲吟（续）（二〇〇四年至二〇一九年）

二〇〇四年

二〇〇九年……一七五

二〇一一年 …… 一八七

二〇一二年……一九六

二〇一五年

二〇一六年……二三七

明碧轩忆零（一九四八年至一九八九年）

夏日池州晚泊

小寓舟中竟日眠，好风湖上晚凉天。轻轻几个消闲鸟，飞过青山又水边。

雨窗听鹂

山色葱茏雨色迷，树梢风定啭黄鹂。丹青岂有天工巧，画得湖山没鸟啼。

哀悼毛泽东主席逝世

萧瑟秋风木叶摧，如盘皓月冷无辉。五湖共洒同声泪，四海齐闻云水悲。
梦向黄花寻战迹，心随红雨化春晖。江河日月经千古，一世雄风万世垂。

纪念周总理逝世一周年二首

噩耗犹闻如昨日，哀思泉涌愤难平。人民十亿同声哭，化作驱妖打鬼声。

血雨腥风百战身，呕心沥血为人民。愿为沃土还东国，洒向人间尽作春。

黄山纪游四首

雨中游黄山二首

雾锁云封上险峰，披风沐雨乐无穷。文章妙手从何得，常在名山胜景中。

雨细云垂春草青，山花野鸟喜相迎。碧山随处飞流瀑，一路泉声伴我行。

登北海

拾级喜登临，豪情顿自生。路随山势转，云傍脚边行。

绝壁三千仞，飞泉万壑鸣。置身幽胜境，奇幻总忘情。

春晨观黄山北海冰凌奇景

江南北国多奇景，三月黄山换异装。一夜春风生玉树，满林朝日耀银光。

枝成翡翠冰犹绿，花著寒凌水亦香。难得生花神妙笔①，全凭素色绘芬芳。

注：①北海附近有『梦笔生花』景观。

和徐无闻先生（原韵）

粉碎『四人帮』后，徐无闻先生从四川经刘元树先生赠我墨宝两幅，其中有七绝一首：『禾黍秋风动客怀，岐山尽处古原开。周家有土非天赐，亿万臣奴斩草莱。』

白帝涛声寄壮怀，江山万里破云开。山花幸有迎春日，记取寒梅斗草莱。

卜算子·庐山

结伴乘车行，车绕盘山路。借问游人去哪边？雾锁云横处。
绿树掩红楼，翠岭悬银布。若得先人一草庐，常在山林住。

西南纪游三首

出瞿塘峡

斧劈一江开，惊涛万壑雷。轻舟今日发，破浪自天回。

过香溪

深山幽谷长名姬，影入长江一线齐①。千古游人思不尽，心香瓣瓣落清溪。

注：①香溪与长江交接处，清浊一线分明，犹如王昭君倩影在此止步。

游贵州安顺龙宫

龙宫多泉水，泉水清且活。乘舟入洞游，水石相击搏。洞小俯首行，洞大重楼阁。龙王可聚师，龙女可行乐。万类竞相生，神态皆活脱。龙宫何堂皇，宫藏何阔绰。出洞闻水声，循声扶铁索。奇哉洞中天，洞天飞瀑落。状若龙腾空，怒喷洪流阔。喧声若雷鸣，百尺溅飞沫。伟哉斯龙宫，气势动心魄。世间若有龙，此乃龙天国。自然造化工，神奇难予说。

秋山早行

残月西斜星斗稀，晓风吹我过扬溪。林霏半锁千岩秀，宿雨初收乱鸟啼。几处炊烟生野径，一村红叶绕疏篱。游人不省途程远，为爱秋山驻马蹄。

明碧轩闲吟（一九九〇年至二〇〇三年）

一九九〇年

春日偶成二首

斗室萧然景味清，好风入户送春温。新培老树根抽绿，一片生机得我心。
宿雨潇潇枕上听，晓来曙色映窗明。数声啼鸟传春讯，满目新晖一夜生。

秋　夜

一枕清凉风送入，半窗疏影月移来。夜长梦短思无绪，卧看流萤绕树回。

自种米兰抒怀二首

花为南国种，羁旅在鸠江。春到初萌发，秋来几吐香。
四时妆碧玉，一树洒金黄。欲赏明年秀，寒冬尽设防。

劳作多粗放，栽培少细研。繁华连月发，绿叶竟年鲜。
秀色谁相赏，幽香我独怜。旁人浑不觉，常在有无间。

游子吟

漂泊天涯无尽期，风云变幻斗星移。春风芳草迷归路，烟雨湖山忆昔时。
久念亲朋难得聚，重温旧梦几人知。乡音一片迎新客，客老何惭返里迟。

题外孙女王霜画虾图

身居水族戍军门，爪利须长体屈伸。孙女年稚将作画，淋漓涂抹总天真。

秋日梦游

形骸放浪出桥头，不负行囊不系愁。两岸青山迎过客，一江碧水发轻舟。
芦花明月渔村晚，红树斜阳野店秋。清夜梦回情趣在，神思无羁任重游。

一九九一年

咏水仙花

寻来卵石掬来泉，养在盂中置案前。叶底乍抽青袖剑，梢头渐绽玉姣莲。
幽香误醉梅林客，素影偏钟月下仙。不待三春争秀色，独留生气在寒天。

静　夜

雨后陶塘一镜平，晚来人静上华亭。情思无虑清如水，月点波心分外明。

赏茶花

欲赏名花时日长，经年蓓蕾现红妆。含羞不肯枝头立，半掩娇容叶底藏。

春夜扫阳台

权凭月色扫阳台，夜气温馨溢满怀。明早神形清且健，风轻露湿赏花开。

闻西邻花香口占一绝

晚来待月下庭阶，雨歇凉生云气开。未省西邻花事盛，风吹香过女墙来。

苦雨吟

久雨阴沉暗小窗，满园花木半凋伤。卧听长夜潇潇雨，人隔江南水一方。

纳　凉

邻里家家静闭门，轻移竹榻过前庭。却嫌电气风吹浊，独享天高夜气清。

夜宿江西三清山宾馆

独卧偏楼却自怜，山风入户卷重帘。多情纺织青衣子，彻夜嘤嘤伴我眠。

题三清山自然景观二首

巨蟒出山

策杖三清一日游，景观无处不风流。灵蛇出谷应超世，纵在深山也露头。

女神峰

秀发齐肩多美姿，白云千载可相思？神灵似解人情味，不事梳妆也入时①。

注：①现在许多女子喜爱披肩秀发，此处女神也像赶时髦的样子。

感 怀

花甲年过自闭门，事违心愿叹浮沉。空庭雪落思亲属，老树花开忆故人。

满架诗书无用处，一身风骨有精神。如能盛世天年享，且把黄昏作晓晨。

一九九二年

半汤杂咏十九首

伴内子刘剑秋住半汤疗养院数月。

疗养院即景

客寓温泉号半汤，晓来破雾上松冈。数声好鸟鸣深院，一树红梅出短墙。
僻径独穿寻野趣，山林偕往享春光。若能此处添幽胜，不让华清享盛唐。

杂兴六首

粉蝶翩翩绕杖行，无花无蕊也多情。老妻素有生灵爱，捕得姣蛾又放生。

路转坡平上后山，松风吹过鸟关关。晨昏晴雨无多趣，一半徜徉在此间。

老妻策杖不辞劳，行尽松林兴未消。更喜山间驼背树，临风斜倚任逍遥。

四野朦胧暮霭生，乡间日落少行人。相携更爱山林晚，闲话松根卧月明。

人在黄昏兴未移，草绵风软两相依。老妻仍有童心在，戏学归禽恰恰啼。
白雾才收绿野平，水流露湿晓风轻。乡间五月时光好，布谷秧鸡一片鸣。

久住疗养院，时念外孙女王霜习字

遥怜髫影坐灯前，泼墨淋漓可自研？有聚有分常有憾，人生难得总团圆。

清明前一日汤山踏青

清明连上巳，佳节又良辰。唯恐纷纷雨，今朝早踏青。

银屏山赏牡丹二首

雨前一日上银屏，峭壁奇葩绝世尘。莫道洛阳花事盛，人间难得此精灵。
遁出王城落险峰①，苦撑霜雪笑春风。玉颜不予人亲近，只在神驰瞩望中。

注：①洛阳有王城公园，以牡丹花为盛景。

与青年朋友同游后山（汤山山麓）

山林日日景常新，难得偷闲乐此生。处处野花皆逗我，声声啼鸟总留人。

同游老少面不识，共话乡关意倍亲。秀女天真径相问，风光如是可怡情？

『五一』节待家人不至

节逢五月兴悠悠，楼馆清幽众出游。我与老妻相对饮，同吟一绝解闲愁。

听『苦哇』鸟鸣叫二首

有鸟鸣声似老鸦，无端日夜苦哇哇。世间苦乐寻常有，何必装腔事态夸。

此鸟民间唤『苦哇』，声声啼叫恨无涯。世人若有良知在，记取悲音莫损他①。

注：①妻不满前诗立意，故从相反方面又写一首。

布谷鸟

不作梁间细语声，不栖佳木啭嘤嘤。飞巡高远无晴雨，莫误时机唤世人。

为妻学作诗而作

少小诗词未结缘，成年步履又维艰。可怜车祸罹残疾，喜学吟哦苦变甜。

与妻同住半汤疗养院，常以诗相娱

少年学作楚狂人，月下花前苦自吟。阔别田园诗律断，回归山野韵情生。

刘卿助我添灵感，我助刘卿学仄平。皋壤泉林皆奥府，文思才智岂天成。

于疗养院度端阳

剪来艾叶话端阳，佳节思亲情意长。举箸难尝兼有味，权将虎骨醉雄黄①。

注：①端阳节饮雄黄酒是一种习俗，疗养院无此酒，权以虎骨酒代之。

又闻西邻花香

离家四月最伤神，梅萎兰枯树死根。徒羡西邻园艺盛，花香愁杀隔墙人。

剑秋遇车祸致残一周年二首

去岁今朝遇祸灾，庸医误治更堪哀。如今下坂门前路，无复轻盈款步来。

年少飘零背井乡，年尊业就竟残伤。每怜君举艰难步，不出悲声也断肠。

雨中乘车过汀棠公园

宽衢广宇喜心头，白屋柴门忆旧游。不见汀湖娟秀面，满窗烟雨锁清愁。

送某君『下海』

我栖长江干，君游之岭南。乘风下海去，争作弄潮男。

一九九三年

为君子兰开花作

兰为君子固安贫，瓦钵粗泥苦自撑。虽是株残犹吐蕊，知恩回报十年辛。

车过双桥

梧桐橘柚景难寻，几过双桥几度春。地有芳名思太白，彩虹何处奠诗魂①。

注：①李白有『双桥落彩虹』句，即写此处。

沪上谢周老长智同志送别

少年戎马忆倥偬，久处繁华不改衷。一袭布衣君步健，车前挥汗洒清风。

游上海豫园

沪上多风云，沧桑无可寻。名园经世秀，闹市逐年新。
今古一墙隔，时空咫尺陈。池花红寂寞，开谢几多春？

胶东杂咏九首

谢赠列车员宋和生同志二首

君怜老弱相扶苦，借予专厢坐一程。将息身心多快慰，人间难得此温存。
行旅艰难常困顿，出门无事不伤神。人间若有真情在，陌路天涯处处春。

初见樱花

久寓东邻入画诗，芳名远播寄相思。今朝有幸朱颜识，竟是残红遍地时。

与妻相扶初探大海

为求早睹海尊颜，不顾相扶步履艰。震耳涛声扑身浪，任它狂怒也安闲。

望海二首

馆中望海

海似娇娃爱喜嗔，忽蓝忽白忽清明。晨昏晴雨知颜色，唯有深情望海人。

船中望海

万顷波涛万卷章，迎舷风急不胜凉。欲知大海多情变，长卧高床对小窗。

崂山记游

有山名为崂，坐落海之岛。驱车数十里，俱在海边道。山与海傍依，海为山临照。路旁石老人，亲情堪旌表。今见沙子口，不忘昔日盗。涛声阵阵闻，宛若蛙鸣噪。山下有海湾，碧波何浩渺。海口有鲍鱼，雄踞多险要。入游太清宫，庙多格局小。地处海隅偏，自古人文少。唯有蒲松龄，寓此著文妙。山中古树奇，卧龙仰天啸。围粗挺直高，小树怀中抱。红白两株茶，百年常斗俏。佛道苦相争，遗址满荒草。今人到此游，是非自分晓。权势逞一时，公理不可藐。

咏车行沿途酒家多

沿途多酒肆，彩绘俱时新。酒食寻常事，经营费苦心。只缘求美食，先必择门庭。卖酒无涓浊，斟茶满盏清。佳肴出野味，雅座入林阴。饱享饥寒客，宽留困倦宾。殷勤知礼义，谋利不亏人。欲问投何处，胶东有杏村。

为外孙女王霜捎海水回程

神驰幼女海天飞，电嘱阿公捎水回。千里不辞身负重，碧澄情注满瓶辉。

晨起即兴

远游困顿体肢衰，卧起身轻天宇开。未上阳台才数日，猩红一朵眼前来。

悯　鸟

百鸟山林自有声，缘何捕得强为鸣。只图悦耳歌啼乐，一任牢笼苦折腾。

哀蝶

花间风正好，一蝶舞蹁跹。色彩天成艳，风姿世共怜。
无心一挥杖，顿失几分缘。丽质眠青草，哀思莫可言。

收视电视新闻感赋

退扫闲轩性气通，荧屏审世趣无穷。身居闹市寻常里，心系东西南北中。

中秋忆旧

今朝一雨洗苍穹，玉魄清辉溢我胸。长忆旧时佳节夜，疏篱小院月融融。

喜得女儿晓玲赠盆栽菊花

难得偷闲脱此身，无缘览胜入园林。孤芳赠我堪清赏，秋雨黄花瘦可人。

一九九四年

冬日湖滨晚行

落日橙黄映水明，轻云薄雾望渔村。游人独爱湖滨晚，搔首临风自在行。

题明碧轩

四面通风掩碧窗，冬迎暖日夏迎凉。无求广厦玲珑宇，但爱清风朗月光。

玩树根述怀

春来无日不辛劳，常为根桩过市曹。悟得性灵图物象，欲求风韵计枝梢。
山林草木情缘少，陋室清玩兴味高。许我年华遂我愿，焉能闲适自逍遥。

老妻驾三轮摩托载我晓游镜湖[1]

柳岸迎风浴面清，晨光映水碧莹莹。老妻最爱湖滨晓，长驾轻车载我行。

注：①因公致残，单位为她购置一辆三轮摩托车。

春夜偶成

雷雨初收气息凉，满街停电夜悠长。小轩寂寞无灯烛，独对疏枝望月光。

自置竹卷帘

挥汗操劳置卷帘，风生竹韵淡如烟。只缘窗外无多绿，自设清荫入小轩。

纳　凉

不图斗室空调好，晚爱开轩四面风。遥忆湖滨纳凉夜，悠扬弄笛月明中。

千岛湖纪游三首

朝发千岛湖镇

晓风拂面暑全消，买得轻舟荡碧涛。莫道漓江山水秀，一湖千岛尽风骚。

登湖心小岛远眺

珠联翡翠浮沧海，山列云屏接远天。极目扁舟何处去，轻云薄暮水云边。

游　湖

几易归期买棹人，凭栏终日恋湖深。轻舟直划琉璃港，绣阁斜移翡翠屏。浩渺碧波千岛秀，葱茏翠盖一围金[1]。何时挈妇从容计，再续青山绿水情。

①：由于湖水跌落，在每个葱翠的岛屿周围留下一圈金黄色的印迹。

辞子媳[1]新居

欣闻子媳买归舟，收拾庭台待倦游。华屋玲珑宽自得，新人勤谨乐长留。心存一隅吟明碧，情系双鹂啭彩楼[2]。我与老妻相携去，清风朗月也风流[3]。

注：①『子媳』即儿子、儿媳的统称。②子媳新居之楼新落成，外墙红绿相间，故称彩楼。③拙作《题明碧轩》诗中有『但爱清风朗月光』之句。

一九九五年

读舒松钰先生记游诗①

此翁长乐有诗心，杖履清风韵自成。不为沽名搜锦句，只缘感物发豪情。
黔山漳水钟君秀，楚地吴天任尔行。最喜桥西清丽咏，我如随柳涉溪人。

注：①舒先生有绝句《美溪观放排》，诗云：『山行百里楚天低，雨后垂杨拂翠堤。染就满溪新绿色，几多竹筏过桥西。』

咏小猫波尼

母本波斯混血生，波尼且作小猫名。投来膝上常偎倚，乞向人前发嗲声。
灵利爪牙难捕鼠，巧乖形态只娱人。世间多少猫咪辈，媚俗求荣故作情。

送走小猫波尼

贞儿有孕不容猫，收拾盆箕嫁小娇。从此庭前长寂寞，畜牲离去也魂销。

应詹硕夫兄之约，赏花归途遇雨

日转春回景气佳，故人电约赏茶花。纤枝重压垂红朵，浅盏徐斟沏绿茶。
尔辈竞相趋闹市，吾侪独爱话桑麻。忘情不识归来路，烟雨轻车过几家。

苏锡杭纪游四首

小住太湖水秀园

瞒人春雨总相知，嫩绿娇红更入时。梦破鸟啼晨练早，风吹潮动夜眠迟。
花丛策杖留清影，槛外凭栏觅小诗。如此秀园三日住，湖光山色我如痴。

游无锡三国城

曹营肃杀鼓声频，金粉吴宫丝竹轻。戏为游人摹旧事，几多兴废几多情。

过苏堤

草长湖平莺乱飞，老妻策杖恐迟归。缘为览尽苏堤柳，伊乘轻车我助推①。

注：①妻有腿疾，故近策杖，远乘车。

游虎跑

林木森森云气稠，入山尽傍涧边游。虎跑一去知何往，留得青山碧水流。

游茅山①

夜雨浥轻尘，今朝山色新。古来香火盛，近世会风云。
道士传经术，英雄匡世行。金戈存浩气，石井寄幽情。

注：①茅山有茅山道院和新四军纪念馆。

炎夏杂咏二首

临窗直逼暑炎威，镇日悬帘不敢推。不是天公情性变，缘何一夏不闻雷？

袒胸席地坐迎风，散落诗书读不穷。莫笑炎天无君子，斯文多在礼仪中。

秋后苦热盼雨二首

西隅空垂暗，东窗日照明。高天频四顾，切盼有风云。

难熬秋旱热，心躁体温升。若得天街雨，堪冲五内清。

题为剑秋六十诞辰而作《头雁》根雕

月朗剑生辉，秋高雁阵归[1]。呼群先展翅，欲向九重飞。

注：①一、二两句嵌『剑』『秋』二字。

金秋吟二首

金秋吟

十月阳光灿若金，旧居新饰又添孙。黄花竞放秋风里，满目诗情满目春。

孙儿出生十五小时观其面部表情有感

七情六欲发为形，我读孙儿面部情。眼鼻口腮唇舌动，始知苦乐乃天成。

见街头弃婴

谁家婴幼弃街头，啼哭娇柔不肯休。陌路行人常驻足，爹娘何去恨悠悠。

喜　雪

数年难一见，今日玉龙飞。赏雪炉添暖，驱寒酒更杯。
诗情缘景起，雅兴有风追。不独丰年兆，抒怀好氛围。

一九九六年

明碧轩闲居

性拙才疏无复求，自营天地也堪留。庭前月白人思远，帘外风轻鸟语柔。
掘土移根新作景，抒怀遣句总兴愁。阳回气暖开轩日，盆钵生春满小楼。

再咏君子兰

出掌伸拳一茎高，从容吐蕊尽妖娆。佳人自重为君子，品貌何须待市曹①。

注：①前些年，市场上一盆名贵的君子兰，可炒到上万元。

孙儿挺挺七个月与之逗乐

玉颊圆腮绛点唇，扑腾憨笑发欢声。日常最是开心事，坐傍花荫逗小孙。

玩树根自述

身居闹市里，意趣在山林。待雨莳株植，偷闲学梓人。
入盆皆作景，凿木总成形。技拙难称艺，唯图娱性情。

新秋暮雨

消尽炎威景气清，小轩寂寞坐黄昏。帘前点点梧桐雨，秋意无多也惹人。

三峡之行纪游十首

中秋夜与妻同航武汉

才散中秋宴，旋来江上行。凉风入怀抱，皓月出浮云。
远树天边黑，江标火半明。相依凭栏望，不减少年情。

小孤山

孤山独秀大江边，耸翠千寻直逼天。飞阁重楼人世外，升腾绝顶是神仙。

辞白帝城

山衔落日水泱泱，客子滩头待远航。白帝城高回首望，满山烟树莽苍苍。

于中华鲟池畔留影

历尽沧桑亿万年，不期今日见真颜。有缘池畔同留影，我似生存在史前。

过夔门

江风猎猎过夔门，万顷洪涛万里程。绝壁横云霄汉近，断崖激浪海门深。
天成府国雄关立，地奠根基滟滪沉。明日平湖出高峡，巫山神女也惊魂。

小三峡五首

高桥飞跨势凌空，崖下轻舟正乘风。前路云封深莫测，不知峡谷几千重？

急水滩头险放舟，山风逐浪过人头。豁然顿入宽天地，四面云山合绿洲。

青藤绿树画岩层，日照前崖立彩屏。分割阴阳多色变，此身恍若梦中行。

小舱枯坐待船开，水石相辉清丽哉。多谢宁河浣衣女，殷勤递石到窗来。

浅水平沙细若绸，小舟未系自横游。忘情舟子知何往，许是渔归一醉休。

寄赠老友王君齐佑二首

相处相知数十秋，君游淮上我淹留。归来不惜繁华宇，另计江南一隅楼。

开轩净几扫门庭，旧稿新篇尽奉呈。嚼字咬文相顾笑，寻常难得议斯文。

一九九七年

咏镜湖

湖非西子镜犹存，浓淡相宜未敢称①。楼宇连绵皆照影，云霞飞渡总留痕。
晴开一面映空碧，雨霁双桥落水明。五十年来寻旧迹，游人易老景常新。

注：①苏轼《饮湖上初晴后雨》用『欲把西湖比西子，淡妆浓抹总相宜』赞美西湖。芜湖市镜湖虽不及西湖美，但亦有其特色。

梦游故乡『石桥春涨』景

阴雨连绵才几宵，石头桥畔涨春潮。舟人离去篙撑短，浣女归来膝卷高。
拂水垂杨鱼戏叶，寻泥隔岸燕衔巢。儿时无限天然乐，梦断乡关万里遥。

喜迎香港回归

喜看归赵时光近，痛记丧权岁月长。不是国威方略好，焉能复得自强梁。

悼邓小平同志

世纪风云变幻多，此公经历可长歌。少年负笈游欧陆，壮士挥戈逐鬼魔。
非虑沉浮谋大业，不思毁誉定良谟。黄龙痛饮回归近，未及擎杯奈若何！

咏镜湖八景

风月移舟

移舟近泊水亭边，风月长存在此间。欲问逍遥云梦客，勾留小屿可安闲？

尺木临风

春柳青青秋月明，镜湖秀色也伤神。临风翘首思无尽，尺木亭边一画人①。

注：①尺木亭边有清初芜湖画家萧云从的铜像。萧云从字尺木。

曲榭凌波

凌波曲榭几多重，碧水蓝天浴面风。秀女含情垂首立[1]，春江愁绪总无穷。

注：①此处水中原有荷花女塑像一尊。

西堤望月

湖平天净月升高，两个婵娟一样姣。风自西堤吹拂去，银光闪耀逐波涛。

双桥叠映

高栏飞拱若天街，湖面低平一栈开。妙绝二桥相叠映，行空涉水共徘徊。

赭岭观岚

亭依垒石枕清流，赭岭晴岚晓雾收。塔影常萦游客梦，青山些许忆书楼[1]。

注：①镜湖有观岚亭面对赭山。赭山山梁上有新中国成立前芜湖中学等学校的遗址。

琼楼照影

有湖名镜市廛中，百亩方圆映碧空。玉宇琼楼多照影，难分水陆辨真容。

烟墩雨霁

晴收宿雨净烟墩，高树临风自有声。此处艺文终不没，长留玉质仰文心①。

注：①烟雨墩（本诗简称烟墩）上有王莹的汉白玉雕像和刻有钱杏村头像的汉白玉碑。

参观南阳村感赋二首

驱车径往南阳村，廿八年前旧梦寻①。同是相邻连陌地，一村萧索一村春。

注：①二十八年前，我下放在与此村相邻的村子里。

体弱家贫当自强，无须外客做文章。三年目睹人辛苦，赢得虚名梦一场①。

注：①二十世纪六十年代末七十年代初，我下放的大队被评为农业学大寨的先进典型。

收视中央电视台新闻调查感赋四首

小序：据调查报道，北京陶然亭公园湖上小岛，近年常飞来一对大雁在此营巢、产卵、孵雏，却屡遭劫卵之灾。湖边一老妪每逢大雁来时，总是呼之以名，喂以果蔬，视如亲友。今年大雁又飞来时，她对大雁说：你们记性真不好，怎么又来啦？某记者就此写出报道。北京林业大学学生，知道此事后，自愿组成守护队，日夜守护，终于让大雁孵出四只小雁。余收视之后，颇为感奋。

有雁飞来

有雁飞来水之洲，相依相顾爱河游。营巢育子天成趣，寰宇生灵共自由。

寻常老妪

生灵相竞也相安，纵欲无休性自残。老妪寻常真博爱，与禽为友美人寰。

林业大学学生

连年双雁苦营巢，屡屡孵雏劫运遭。今岁莘莘贤学子，为伊守护立新标。

新闻调查主持人

究底寻根事体明，谆谆告诫好为人。只缘一对飞来雁，做出惊时骇俗文。

香港回归诗词一束

中英交接仪式

惨遭屈辱太深长，洗雪豪情分外扬。此刻五洲华夏子，人人欢唱姓炎黄。

桥头线①

北望乡关愁绪加，此前过境隔天涯。今朝踏上桥头线，身后身前是我家。

注：①香港回归当日有记者在原来被划为界线处，采访过往香港人，被采访者均喜形于色。

赞驻港部队

坚船利炮泼皮徒，毒害中华割版图。今日文明威武旅，戍南豪气海天书。

浪淘沙·香港回归抒怀

往事不堪闻，百载沉沦，英夷日寇竞相吞，国耻家仇多少恨，谁予昭伸？

大雨涤烟尘，南国飞云①，香江江水几时清？待到今宵过午夜，华夏时辰！

注：①香港回归当日，港澳地区遇雨。

新秋莲塘晚兴

澹澹秋波漾绿萍，两三点水小蜻蜓。稚孙初度莲塘晚，拍手频呼荡桨人。

怀大姐三首

一日来两女一男，据其介绍，一女为我大姐小女儿，一女为大姐长女的女儿，皆面生。经交谈后，顿生骨肉之情。

客来何处面全生，道是缘于骨肉亲。回忆昔年阿姐事，趑趄为我作汤羹①。

注：①我的大姐童年裹足致残，行走较艰难。

可怜二女各双亲，过早遗孤作古人①。一妪家贫抚二女，亲情哪有此情深？

注：①此二女都在童年失去双亲，由一位远房的姑母（或姑奶奶）抚养成人。

五十年前一梦苏，亲朋纷谢我何孤。白头旧事谁相叙，独坐秋轩听夜乌。

重游汀棠公园

昔年学稼几经游，野水菰蒲荡小舟。今访依依杨柳岸，长桥画舫渡琼州。

有感于居住环境

歌声未歇市声来，无计安宁一隅斋。多谢西邻金桂树，花香惠我上楼台①。

注：①我的住处噪声污染较重，但愿人人多做些如西邻种树栽花之类的有益于环境的好事。

桂林之行十二首

再咏小孤山

小孤隔岸对青山，相视相呼一水间。明月清风长絮语，江声日夜助倾谈。

游桂林

漓江着意直穿城，两岸人家翡翠生。碧水过滩翻作浪，青山入市转为屏。

伏波春涨涛声起，象鼻更深夜色明。仰慕陈公风雅兴，愿随长做桂林人①。

注：①叠彩山风洞口，有陈毅题词的『愿做桂林人，不愿做神仙』的石刻。

题王明居学长夫妇同涉溪流留影

象鼻山前草色青，滩头浪急渡情人。老夫老妇相携涉，一片青山碧水心。

游漓江

漓江江水绿如苔，两岸青山逼我来。流瀑飞花先湿袖，悬崖挂石欲投怀。
云浮碧岫轻帘锁，布落青溪明镜开。何日重游能竟岁，四时晴晦任悠哉。

观叠彩山风洞摩崖字刻

自古题签又刻摩，清词丽句状山河。我来风洞无风过，一笑文人附会多。

与妻同游武昌东湖

平明渡烟水，携手访东湖。园树参天翠，云帆挂远孤。
驱车沿碧港，策杖入青芜。借问听涛处，鲜鱼有食无①。

注：①湖边有听涛阁，据说当年毛泽东主席食武昌鱼即在此处。

赋壮家婚俗表演二首

夹道歌声入壮乡，承球着彩做新郎①。逢场作戏无真意，恰似南柯梦一场。

花甲年过入壮乡，柔声蜜酒待新郎。世间多少荒唐事，只供他人笑一场。

注：①凡是男女成对进入场地，一般不被选中做新郎，我因与老伴被众人挤散开了，才被彩球砸中。

参观武昌老一辈革命家旧居二首

市井繁华旧馆清，午间户掩少游人。白头门吏深明史，乐道先贤济世行。

庭空物旧像遗存，仰望先贤若有灵。多少风华恩爱侣，奈何竟作断头人。

游桂林两个岩洞

洞府幽深曲折通，洞天寥廓似苍穹。世间万象无穷景，尽在天然造化中。

有感于桂林小工艺品价格特低

小扇余香耐久闻，绣球飞彩挂丝纶。可怜多少辛勤手，日夜操劳值几文。

致何庆善兄

卅五年前旧梦稀，与君共煮芋充饥[1]。江南江北长相忆，夜坐秋轩月影移。

注：①三年困难时期，粮食紧张，我们一起开荒种山芋，补充口粮。

步张君仰唐后尘，坚持登山晨练，奉呈七律一首

浴雾披风上赭巅，登高晨练步尘缘。霜凌山木枝犹劲，雨洗层阶石欲坚。
常择平坡练太极，偶升绝顶览江天。归来晓日临空照，满目晴光耀大千。

赭山晨练见闻

手足躯肢尽逞能，高歌长啸直干云。缘何狂放山林里，欲作归真返璞人。

野　兴

身居闹市爱清幽，晓入山林雾未收。不拾级阶寻野径，寒烟荒草任勾留。

野趣

几株红叶艳如花，长在南坡映晓霞。草软苔深轻举动，一跤滑倒卧山崖。

一九九八年

拜谒戴安澜烈士墓

久住鸠兹不识坟，登山寻路问游人。年稚初省英雄面①，老大空招烈士魂。碧血寒凝边外月，青山同望故乡云②。雄风威壮炎黄志，缅念犹添桑梓情。

注：①余八九岁时，看过一本画册，其中有戴安澜的照片。当时他在徐庭瑶军长的军中任团长。②余与戴安澜同为无为县南乡人。

怨花（水仙）

娇孙绕膝老妻衰，菜场锅台往复来。意懒情疏书案冷，名花未肯应时开。

怜花（茶花）

天寒雨雪体能衰，小院长关久不来。忽见隔篱花数朵，可怜寂寞为谁开。

受余恕诚先生托，寻谢家花园故址未果①

四五年前旧梦回，星移物换景全非。谢园故址今何在？尽任村翁意趣飞。

注：①四十五年前，我上安徽大学时，住在汪家花园。据说谢无量旧居谢家花园也在附近。

惊　梦

银衣高挂玉珠飞，倏起山洪势欲颓。幸得舟人身手健，涛声十里破云归。

戊寅春分降雪，与孙儿同玩雪

撒絮铺银景换装，春寒萧索也难当。稚孙央我同玩雪，借得童心乐一场。

春日遣兴

春临小院暖临窗，弱体生温兴自扬。日进几回花木圃，一枝一叶挂心肠。

购盆栽玉簪花，忆儿时诸姐

温香玉色质轻柔，诸姐闺中戏插头。长忆庭前多趣事，几回幽梦到清秋。

太平湖纪游三首

乘车往太平湖途中

年少豪情入此乡，老来犹识旧风光。漫天晴雾苍山远，两岸青芜碧水长。
佳境常能留过客，桃源何必问渔郎。车行半日神犹爽，翠筱红花映满窗。

游桃花潭感赋

桃花落尽碧潭深，亭阁临风古韵存。忍看渡头多纳垢，踏歌声断叹汪伦。

游太平湖

风软波平日已斜，相随相顾乘游槎。山呈等角形奇秀，湖作同圆景绝佳①。
翠带长拖镶玉帛②，碧螺乍出缀红葩③。舟人荡桨归何处？总在青山绿水涯。

注：①湖中岛上有一小湖，大湖套小湖，圆心相同。②翠带长拖，写船行湖中，望远处

群山。③碧螺乍出，写船行湖中，见近处露出水面的小岛。

暮春喜雨

醒来喜听雨敲窗，今夜舒心睡一场。不待园丁浇一勺，满园依旧好春光。

过九莲塘赏广玉兰

冠盖巍峨云际干，姣莲如雪缀其间。香迎来往桥头客，翘首高枝广玉兰。

初夏花园即兴

浓荫满径少人行，老幼相呼隔叶闻。忽见小孙逃遁去，花从深处捉机灵。

答谢程瑞珍同志赠栀子花

昨日蕾如星，今朝生白云。感君时惠我，共享此清芬。

夏日遣兴

晓听时禽最早鸣，晚来待月步前庭。花间捕得飞星族，戏作囊萤教小孙。

咏瓶养栀子花

一束鲜花水一瓶，案头清赏已经旬。玉颜憔悴情犹在，剩有余香也醉人。

少年游四首

五二年前几少年，新春结伴访乡贤①。芒鞋负笈江南路，晴雨山行不问天。

注：①一九四六年春，我与几位同乡学友，结伴到休宁访同邑学者李辛白。

沪上投亲应试归，钟山风动远闻雷①。拘留半日囊羞涩，暮向乡人借宿炊。

注：①一九四八年夏，刘邓大军已进入大别山。

登轮遇急下洲头，病卧蜗居不觉愁①。一叶扁舟寻长者，晚来风顺到池州。

注：①一九四八年秋，在大通对岸和悦洲江中登轮赴安庆，上船后突然生病，又急忙下船，病卧大通一客栈中，下午稍好便转乘民船赴贵池。

少年学贾出清渠①，朝发中流暮宿隅。吹火添薪操爨事，移舟泊渚近樵渔。水西门外舷侵浪，八卦洲头货入墟。折蚀归来无兴致，盘餐辣酱代蔬鱼。

注：一九四六年秋，我刚十六岁，家人让我与一位亲戚结伙买舟赴南京学经商。

七月抒怀

七月风云起，南湖升曙光。历经沧桑变，迎来国运昌。振衣登五岭，濯足涉香江。才雪百年耻，又渡远重洋①。笑语交朋友，高声压跳梁②。峥嵘又七月，华夏意气扬。有朋远方来，不亦乐非常③。发展旧时谊，促进今开放。仰我古文明，睹我新气象。去年香港归，美府无来往。一年后如何，躬临看端详。『一国两制』好，港人心欢畅。港府旧华吏，信念归炎黄。铁蝴蝶蹁跹，金丝雀欢唱。敬请预言家，无须论短长。港人能治港，何劳彭定康。中华大家庭，两制齐呈祥。文明昌盛世，光焰照东方。

注：①一九九七年十月，江泽民主席访美。②江泽民在哈佛大学演讲时，有人提出如何对待外面的噪音，他答道：『我想唯一的办法就是我的声音比它还高。』③1998年，美国总统克林顿访华。

读《唐诗的故事》

时事维艰苦砺磨，火镰击石始成歌。诗文不是无情物，李杜从来慷慨多。

读《本事词》

人事无常常有思，悲欢离合总相知。可怜多少才情女，尽寄歌弹度曲词。

赠中国文章学研究会同仁二首

同声同气阅多年，几度黄山几度黔。长忆中州风物好，『三张』无复续前缘①。

注：①三张即张寿康、张锡智、张盛彬，他们都是中国文章学研究会初期活动的主要代表人物。

老兵落伍自惭形，犹忆当年论学声。喜对案头诸旧籍，更期研著拓新程。

为盛暑鲜桃价廉一辩

盛暑西瓜大又圆，家家齐食为除炎。鲜桃肥硕甜如蜜，未遇时机不值钱。

秋后苦热遇雨

连天晴热苦难挨，深闭重门未敢开。午后一经雷雨过，卷帘风送晚凉来。

上虞垂钓翁

沪上经商五十年，迢迢归钓野湖边。缘何自远繁华地，绿水青山有故园。

九八抗洪抢险组诗

抗洪抢险

南北江河起大洪，严防死守有英雄。军民党政精诚至，共创回天绝世功。

尽心救灾

洪水无情人有情，灾年竟未苦灾民。吃穿医教家重建，事事全由党尽心。

解放军营救灾民二首

狂澜既倒劫难逃，天降神兵救难胞。生死关头无选择，青春烈火扑洪涛。

可怜孤女小江姗，抱树空悬浊浪间。幸得亲人拼死救，古来若此几人还。

姑娘赈灾

奉命随军赴难行，洞房待入哭郎君。妆奁免置资灾赈，偿得亲人未了心。

相托相拥

首脑前沿察险行，将军多日苦鏖兵。此间未有森严令，相托相拥患难情。

前仆后继

四十四岁普通农妇周菊英，在抗洪前线的生死牌前倒下后，她的两个女儿随之参加了抗洪抢险斗争，事迹颇为感人。

农家妇女普通人，生死牌前尽献身。未伏洪魔遗恨在，双娇继武慰英灵。

乡亲们送战士返营

电视新闻画面上，抗洪返营战士皆肃立于一辆辆行进的汽车上，向人群行军礼。夹道欢送的人情绪异常激动，其中一位老大娘泪流满面地说：『我多想走到汽车边摸摸他们的手啊！』

抗洪数月历艰危，鱼水情深此日归。泪洒江干飞作雨，未曾握别远相违。

明碧轩坐享凉秋

敞轩盛夏少淹留，暮雨晨风洗小楼。扫尽四边无落叶，偷闲独坐享凉秋。

刺榆根桩盆景被窃戏作

根老形奇刺叶多，不知修整置高坡。某君赏识将移去，未晤尊颜少切磋。

初秋庭院锄草迎凉

园花瘦弱草繁生，镰镐兼施一扫清。小憩阶前才拭汗，凉风惠我最关情。

见一艺人街头垂首操琴行乞

街头垂首独操琴，曲调低回咽有声。但见路人施舍过，不知谁解此中情。

常于住处听鹁鸪鸣叫

晴阴朝暮惯常鸣，既唤哥哥也唤人。如此忠贞勤职守，人岂儿戏不如禽。

题孙儿挺挺三周岁小照二首

下床耍赖

小子生成性巧乖，睡眠耍赖下床来。圆头短腿欢歌乐，不独娱亲有老莱。

骑出丛林①

骑出丛林夕照红，挺胸举臂逞雄风。孩提留得英姿在，何患年成不建功。

注：①骑童车。

寒秋即景

扶疏花木几经霜，满目萧条心意凉。但见枝间红一朵，嫣然含笑冶秋光。

看美国影片《拯救大兵瑞恩》

血肉横飞天地昏，文明人类互残生。若能理性容天下，不待良知救瑞恩。

答谢盛书刚同志赠戥子

街头邂逅叙离情，旋即为余送戥秤。计量轻微不足道，度来情谊几多深。

分养水仙

玉色幽香格调清，万花纷谢独怡人。年年岁岁隆冬里，分予诸儿养一盆。

王君明居著有美学论著多种，常有赠予，近日又赠《模糊美学》并与我谈诗艺

人间有美知多少，揭秘窥微尽属君。今日赠书又谈艺，感君厚我又知音。

为孙女仇雪赴沪求学作

独生子女似儿皇，初出家门总断肠。抄予少年游四首[1]，惟期孙女自当强。

注：①余曾作《少年游》四首，记述少年时代外出求学、学经商等经历。

与妻镜湖晨练

早起相携走出家，三星将落月西斜。才看宝气珠光帔，又赏轻云薄雾纱。
但见来人无面目，未闻鼓柵有渔槎。四时美景寻常见，难得黎明晓色佳。

用五角钱购得一小工艺品随感

巧编绒线状为禽，不使精工使匠心。类此赏心小工艺，缘何上市贱如薪。

一九九九年

出席文学院迎新年联欢晚会归来途中作

再度躬临盛会归，春风春雨竞相催①。余音『我就成为你』②，桃更芳菲李更肥。

注：①一九九九年十二月三十日开会之际，久旱遇雨，人们心情格外愉快，犹如坐春风、沐春雨。②联欢会上一曲《我就成为你》颇为切题，它预示文学院将培养出更多、更优秀的教育英才。

记述《澳门岁月》片头歌演唱

幼女歌吟最动听，声声唱予世人听。可知『马克』非真姓，我是炎黄骨肉亲。

早　春

多谢天公恩有加，早春不误向阳家。小园雨湿无人过，篱外先开一树花。

应约赏李曼芝大姐家花园梅花

庭院深深处士家，半栽果蔬半栽花。途中喜得梅消息，应约游园在日斜。

有感于某些感事伤时诗文

诗文好在出衷情，感事伤时倍见深。讵料缘由多假象，情真意切更诓人。

迎接己卯春节即兴

除尘习俗惯长留，字画翻新我自筹。女眷坐围争做饺，娇孙兴起喊加油。

记述己卯春节文学院团拜

路净人闲烟树深，校园无处不晴明。小楼今日群贤聚，相揖相恭满面春。

得妻赠红梅折枝喜为绝句

红梅怒放在芳邻，未得相携共赏心。难为老妻攀折苦，归来报我一枝春。

奉读《丹枫词稿》，欣成二绝句，答谢祖老保泉吾师

词号丹枫赐后生，未遑研习应无声。连天卒读方知晓，半世风云半世情。

昔为领导又为师，今日胸怀始得知。莫道寻常情谊少，只缘难得好诗词。

探梅

探梅未省在西东，踏遍芳园觅秀踪。转过楼台出亭阁，幽香缕缕问清风。

访贺君崇明未遇，诗约贤伉俪来舍款叙

旧日红楼小院添，门庭难辨认春联①。四时花木传消息，满架诗书述圣贤。

偶遇途中共词话，专登府上结诗缘。归来先向夫人约，净扫蓬门丽日天。

注：①见一后院的春联：『闲观花木知寒暑，静读诗书鉴古今。』其情调，其笔迹，非贺君莫属。

初春雨后镜湖赏迎春花

连阴有日总怜春，雨后寻芳不待晴。冷湿园林花事少，几丛翠绿洒黄金。

初编《明碧轩吟稿》，答一平儿索取手抄本

五十余年胸臆抒，有诗初葺待成书。平儿意欲求抄本，我却无能学大苏①。

注：①大苏指苏轼，他的诗词书法均佳。

春日久雨初晴过九莲塘

久雨轻寒不觉春，新阳乍出暖行人。今朝又过莲塘路，才听蛙声一片鸣。

有感于儿媳继贞从潍坊出差归，为孙儿带回两只精美的风筝

纸鸢精美出胶东，捎予孙儿学乘风。记得幼时偷制作，奈何无线上高空①。

注：①余幼年家贫，且家庭教育比较保守。

余育有一紫藤盆景，株形甚美，惜不开花

老根虬干杪抽新，夏日临窗漾碧云。未肯芳春披锦绣，却凭枝叶弄风情。

黟县纪游四首

乘车缘溪过古黟小桃源

路转山回一水通，清泉流尽落英红。驱车胜境难暇接，未计溪桥有几重。

游西递村

有水西流过此村，民居久远古风存。欲穿小巷知多少，底蕴深长未敢寻。

随舒咏平等同志登西递村仰高堂

随缘结伴上高堂，八七村翁共话长。前有古人后来者，幽州无此好风光。

游宏村

湖光潋滟伫桥头，画里乡村尽眼收。檐外红垂花木院，池边清照古民楼。门流碧水家家净，庭满青葭户户幽。身在忘情佳绝处，村形未究可如牛①。

注：①『画里乡村』『牛形村庄』均系对宏村的比喻。

经黄浦江隧道登东方明珠塔

览胜寻常远近看，飞天遁地总为难。今朝潜渡龙宫道，更跃灵霄宝殿间。

重游鲁迅墓

昔年墓地景凄迷，今日林森草浅齐。敢问先生常冷眼，可知世变有天机。

学钓

于横岸桥村做客，随玉昌襟弟学钓。

麦子黄时旅远郊，月明野静宿横桥。晓来持竿随襟弟，喜在溪头钓几条。

听内子刘剑秋河边忆旧

五十年前，剑秋只身由此小河乘船离家远去。

小河流水碧悠悠，岸柳依依动旧愁。遥忆少时漂泊女，可怜夜雨泣孤舟。

哀兔

玲珑玉兔最堪怜，饲养无方竟失缘。唯愿月宫圆美梦，虔心葬在桂花边。

收视『九九』昆明世界园艺博览会电视新闻

举世园林多荟此，春城无处不飞花。天人合一营佳境，科艺联姻放异葩。

不择时空游异域，休违生态建吾家。何时也作昆明旅，自有诗情唱晚霞。

喜购笼养蝈蝈

余爱听虫鸣鸟语，近日购得一笼蝈蝈，因听其鸣声，触动诸多忆旧之情。

小篓悬帘触旧思，瓜棚豆架听琴丝。江南盛暑行将近，应是莎鸡动股时。

为梅一辩

三友同登大雅堂，一时又遇在东厢。强邻恶竹重围逼，不让寒梅一寸香。

明碧轩夏日雨后

昨夜楼头风雨喧，湿云初散早凉天。扫除积水安容膝，洗净纱窗坐碧轩。

几处盆栽添绿韵，一方书案绝尘纤。举头直欲凌空宇，日午还当下卷帘。

公园垂钓者

闹市居家性自幽，溪篁深处独垂钩。不愁寂寞无鱼过，常有蜻蜓落竿头。

望月

己卯中秋望月，念及台湾三日前遭受七点六级地震。

遥知台岛震灾深，万里婵娟共泪痕。何日扫清『台独』论，岂容海峡隔亲情。

感事

芜湖中山路步行街开放不久，有关方面便对少数行人中的不文明行为给予处罚，余极为赞成。

砌玉流金异彩呈，作成金谷娱人民。瑶台应是云游客，不许张狂鄙俗行。

澳门回归三首

风雨濠江四百年，深怀忧患忆前贤。今朝华夏皆欢唱，不爱强权爱主权。
四百年前罹劫灾，可怜孤苦出娘胎。身遭异治心存汉，华夏精魂总不衰。
罗盘旗降五星飘①，历史尘埃一夜消。妈祖阁前思若水，大三巴下恨如潮。
空愁精卫难填海②，无计公输不作桥③。地利人和天意顺，千年光照更妖娆。

注：①葡萄牙国旗上有航海罗盘图案。②澳门国际机场是填海兴建的。③近年，澳门新建了两座跨海长桥。

二〇〇〇年

迎接新千年

迎接千年新曙光，荧屏展示面东方。云霞四海人同瑞，共睹寰球一太阳。

数年前移栽的梅花首开一朵

几经寒暑几移栽，劳损青春迟暮开。今日先酬花侍子，暂催一朵送香来。

岁末忆旧

久居客地，年届七十，岁暮闻鹁鸪鸣忆旧。

才闻岁暮鹁鸪鸣，又忆乡关动客情。腊酒香醺灯彩夜，依稀如梦白头人。

小天台山院

近年来，余常在赭山东面山腰一幽胜处晨练，此处巨石凌空，状若覆瓦，亦如四分之一西瓜皮立置。两翼有岩石陡坡相连，合围成院。门向正东不出十步，便有一平台，约十米见方，前沿呈扇形。下临悬崖，其势若飞。其院其台皆有林木环绕。台院相依，连成一体，余故名为小天台山院，并有诗咏之。

岩环树掩院成型，天设山门向日升。超世高台能演武，凌空巨石可藏身。
严冬近听无喧语，白昼遥闻有市声。莫道人间无净土，闹中取静最怡情。

喜见镜湖水鸟游弋

偕妇将孙过镜湖，独怜水鸟戏沉浮。人禽相近天然乐，更愿山林结草庐。

春日全家老小放风筝记趣

春风拂面艳阳高，草场宽平兴致豪。老小全家齐整线，翩翩彩蝶上重霄。

读报载《苦难姐弟，感天动地求学路》有感二首

据报道，一家父母相继去世，丢下姐弟三人，大姐正在读中专，因父母离世便辍学南下打工，挣钱供二妹读书。小弟十一岁，也辍学在家务农，支持二姐完成学业后，自己再读书。

佳山秀水总宜人，苦难偏罹姐弟身。少女含辛图远计，幼童茹苦振寒门。
精诚至笃开金石，情义深长泣鬼神。如此年稚好儿女，顶天立地自为人。

发愤男儿划粥餐，学优少女更凄然。得来碗肉还怜弟，不肯全尝自解馋①。

注：①二姐在校读书，生活艰苦，偶尔得到别人赠予的肉食，只把汤倒下拌饭吃，把肉带回家给务农的弟弟吃。

收视电视连续剧《嫂娘》一首

寻常粤女有金心，柔弱双肩压万斤。莫道情深惟骨肉，亲娘不比嫂娘亲。

身单体弱志坚强，爱抚孤儿苦尽尝。弟妹齐登金榜日，嫂娘垂死做新娘①。

注：①弟妹五人都是孤儿，全由寡嫂艰难维持供给上学。寡嫂本有心上人，但因要全身心投入供弟妹上学的种种活计中，一直未再婚，直到弟妹全考上了大学，自己却身患绝症，才与心上人举行婚礼。

为上海鲁迅公园展出的部分牡丹花花形不整戏作

自古名花生洛阳，东迁辗转寓浦江。风姿已失王城色①，许是伤情恋故乡。

注：①见本诗集第15页《银屏山赏牡丹二首》之注。

客中遇端阳

巷尾街头箬叶香，始知今日已端阳。吾侪困守将双月①，买得嘉兴苦涩尝②。

注：①老伴住院手术不顺利，我便在医院陪她。②浙江嘉兴以粽子闻名于世。

旅居沪上有日，思念孙儿挺挺

窗前握笔几回书？迈步奔跑可自如①？想到神思深切处，可怜秀面总模糊。

注：①几个月前孙儿腿部受伤。

小住一平、吴英于沪上新置的寓所

小寓申城子媳家，园林绿绕柳河斜。
长流浊水澄清日[1]，许我重来照晚霞。

注：①寓所附近绿化很好，只是长期未得到根治的污水河还有待治理。

喜饮孙女仇雪奉崇明特产甜米酒

江南佳酿出崇明，小雪归来奉一瓶。
刻意驱车求此酒，始知娇女谙人情。

芜湖长江大桥二首

多年切盼，一朝喜成

早知桥事已陈年，今日长虹落九天。
不独此间风物好，只因历史有机缘。

大桥合龙，变用李白《望天门山》诗意咏之

天门断接楚江宽，碧水东流自此欢。
两岸青山千载秀，孤帆变作锦帆观。

收视老山汉墓探秘现场直播二题

洛阳铲[1]

只缘财物盗贼生，利欲熏心出窍门。今日文明需此物，文明岂独让良人。

注：①洛阳铲原为古代盗墓贼专用工具，因其使用方便有效，故今日考古工作者亦使用此物。

黄肠题凑[1]

黄肠题凑耗资源，佳木良材垒万千。不是汉王奢欲甚，何能直面见当年。

注：①黄肠题凑，西汉皇帝、诸侯陵墓内常用百年古柏万棵，取其中木心垒成墓壁，其形如黄肠，故称为黄肠题凑（题，额义；凑，聚义）。

收视中央电视台特别节目《源头的呼唤》现场直播

万物生机有自由，自然保护重源头。三江自此流开去，碧水青山处处幽。

看电影《生死抉择》感赋二题

李高成

天网虚无人网严，丑行败德总相连。深怀信念雷霆力，直破妖氛不解缘。

吴蔼珍

相夫育女总柔情，未虑家私损德行。待得郎君归聚日，铁窗深锁断肠人。

七十自寿

行年七十堪称健，徒步操劳我不辞。偶见花开知节令，惯听鸟语报明时。
愁添浅绪方吟唱，酒到微醺好作诗。最喜小孙能自咏，老妻相伴更相知。

题女儿晓玲、女婿传昌为余七十生辰所赠根桩盆景

为吾祝寿别无他，老干虬根更着花。枝叶扶疏宜慎剪，要留生气在吾家。

庚辰国庆喜赋

长虹今日卧江波①，奥运沙场捷报多。佳节良辰添喜庆，古稀人作少年歌。

注：①长虹指芜湖长江大桥。

芜湖长江大桥建成通车

吴楚秋高景气清，庚辰吉日卧龙腾。高连铁臂千寻索，远引通衢万里程。
几处苍山怀故国，一江碧水焕青春。谪仙莫怨天门断，天堑从兹任款行。

咏野菊花

岁岁更生竞自由，烹茶入药最堪留。还怜秀色三分艳，更爱东篱一派秋。

与妻同游神山公园

阴雨连绵琐事频，同游郊野总难成。今朝学得玩童法①，且作寻花问柳人。

注：①玩童法是指把家务事置于一边，纵兴玩耍。

冬日神山公园

薄雾轻云晓日升，林高叶落气萧森。山塘一碧无舟渡，白苇寒汀一钓人。

二〇〇一年

悼岳父

岳父病危，经几日弥留，度过了风雨严寒，于一放晴日溘然长逝。

几天风雨最愁人，今日朝阳送许温。世纪人生终了结[1]，晚山如黛夕阳沉。

注：①岳父终年九十五岁，身经近一个世纪。

有感于薛埠几年来发展变化

苏南小镇系情怀，水傍山依一埠开。村外田园翻广厦，河边苇柳被尘埃。
船随浊水长流去，车逐乌烟直扑来。虽说此间多变化，人无远虑也堪哀。

江南水乡小镇新貌

楼傍一河千幢秀，桥横多座万人忙。舟人揖让轮机手，无复江南旧水乡。

剑秋为其父奔丧，与久别众亲友相聚

少女离家夜出航，奔丧扶杖暮归乡。茔前皓首人相聚，老树寒鸦噪夕阳。

为岳父治丧

九五高龄赴冥台，古稀执绋捧灵牌。少年堂上无亲奉①，老大犹承半子哀②。

注：①余幼年丧父母。②俗称女婿为半边之子。

辛巳春久雨苦寒遣怀二首

春雨经宵几度醒，夜寒入户被犹轻。庭前花木无遮掩，只恐阳春不发青。

春云泼墨晓窗寒，体弱衣重仍觉单。明日骄阳当户照，小轩负日自安闲。

读《怡然轩吟稿》，复何庆善兄

精帧华章托远思，深情厚谊寄相知。性情才思皆成韵，道德文章总入诗。

一代风骚君独领，几番奋进我何迟。何时共剥盘中芋①，畅叙江南夜雨时。

注：①见《致何庆善兄》注。

邻里丹桂飘香，连日为我所享

邻里园中桂数棵，今秋花事竟如何？小楼连日长吟咏，风送香来我最多。

九华山纪游三首

乘车赴九华山途中作

夜出江城灯万家，平明破雾过山崖。车行百里江南路，山色连绵接九华。

九华山

岭破流霞闸，山开拜佛门。升台宽乘舆①，登顶直升腾。
馆为流泉筑，崖因古庙登。除阶存荒径，历史有埃尘。

注：①九华山有索道登顶。

随儿媳吴英单位游九华山，见英儿拜佛心诚，戏为绝句

幼仰名山愿未酬，古稀方作此山游。英儿许遍灵山愿，一遇神龛一叩头。

欲与妻寻赏桃花，戏以诗致意

欲出江城时日延，春深无奈雨绵绵。不如乘兴寻芳去，莫误桃花又一年。

辛巳清明后与妻往郊县访根艺家陶明贤先生

霏微细雨雾轻柔，入浴春风我出游。访友寻师学根艺，人生七十又重头。

赠根艺家陶明贤先生

市井庭园一老人，潜心根艺守清贫。得来尽属炉中物，过手终成案上珍。

悟得自然真意趣，施将艺术巧经营。不为功利趋时俗，求美求深更有心。

观赏范君根艺作品，变用李商隐诗一句，吟成一绝赠之

楼舍清幽事简从，居家无意逐时风。
艰辛育子情钟艺，心有灵犀万类通。

未随众旅游，答游归诸友问二首

早知近日雨连天，未敢随心学少年。
辞作富春江上客，湖山烟雨我无缘。

轻寒云水体难禁，抱病西湖记忆新①。
无意烟波垂钓客，何妨更作武陵人。

注：①一九九五年，春游杭州，在西湖泛舟，受风寒染病。

过鸠兹广场

古老鸠兹焕艳容，明湖翠岭竞相拥。
波浸广场虹桥渡，路转瑶台锦苑通。
多彩多姿无日夜，有情有致任西东。
少年游客于今老，半世烟云过眼中。

近日收视《长征》等革命历史题材电视剧，感赋七律一首献给党八十华诞

荧屏近日史诗多，万难千灾奈我何。幸有深宵照明烛，难能长夜发高歌。
拳拳赤子心如铁，浩浩苍生命有魔。自古骄兵无大勇，哀军势必斩阎罗。

庆祝申奥成功二首

举国欢呼申奥成，稚孙电话也称赢。童心未必知深意，道出中华国运新。
北京一语震环球①，四海炎黄喜泪流。情性认知人各异，中华热血涌心头。

注：①人们最注意听的是萨马兰奇宣布申奥结果时『北京』二字。

炎夏寻凉

晓日蒸云暑气升，寻来一隅有林荫。晨风满浴人何爽，尽享天然五内清。

看电视剧《一代廉吏于成龙》二首

回乡

青丝出仕白头归，老树颓然旧梦回。留得宦游泥土在，拼将老命共成灰。

兄弟

官役从来互用之，难能体贴梦魂知。弟兄哪得亲如此，相伴相怜无尽时①。

注：①于成龙与随从的关系，亲如兄弟，相互怀念，痴迷如梦。

水乡遣兴

藕花深处路悠长，自有人家水一方。鸥鹭时来无约束，柴门长设不提防。
春归有汛浮雏鸭，秋老无枝落凤凰。借得芦花滩一宿，扁舟夜雨梦潇湘。

秋日林中卧吊床即兴

身摇网底尽兜风，直视高林碧九重。幸得林中床一吊，何须避暑觅行宫。

有感于城市建设

人与自然何处之，莲塘将废我忧思。可怜鸥鹭无栖处，无复荷塘月色时。

辛巳中秋于明碧轩与家人赏月

开轩置几果蔬鲜，今夜良宵赏月圆。最喜小孙情致好，举头吟诵共婵娟。

辛巳秋游秦淮河感赋七绝二首

机声不似桨声柔，溢彩流光醉夜游。无复轻纱笼水月①，如何再续旧情愁。

秦淮碧水洗铅华，不见南朝金粉家。今古兴亡难省识，草无萤火树无鸦②。

注：①杜牧《泊秦淮》有『烟笼寒水月笼沙』句。②李商隐《隋宫》有『于今腐草无萤火，终古垂杨有暮鸦』句。

暮色中过乌衣巷

穿出人潮过雀桥，乌衣巷口静悄悄。不知王谢堂何在，灯火微明树影摇。

秋日园林

蝴蝶翩飞林草青，绿荫小坐听鸣禽。山间处处飘香桂，不是春光也醉人。

邻翁植桂树多棵，岁岁金秋花香四溢，如今主人仙逝，又闻丹桂飘香，不禁慨然

邻翁植桂几多棵，岁岁闻香我最多。春日溘然长逝去，香飘无主奈愁何。

收视中央电视台直播上海市为亚太经合组织会议举办的焰火晚会

有感二首

大洋彼岸突遭灾，又报西邻劫难来①。三处同为烟火事，何妨共作礼花开。

注：①一、二两句是指2001年在美国发生的恐怖袭击事件和同年早些时候以美国为首的联军对阿富汗塔利班和基地组织的战争。

焰火华灯礼万方，绘声绘色费思量。嘉宾共赏浦江夜，更睹中华国远昌。

献给剑秋六十六诞辰

十载遭残不自伤，寿为六六喜刚强。日常习字兼医道，早晚骑车[1]过四方。

注：①三轮摩托。

剑秋六十六岁生日向我索诗

老妻六六寿辰期，谢免常规但索诗。且赋七言一绝句，相依同唱白头时。

咏焦溪古镇二首

焦溪小镇静幽幽，小院门庭几度秋。翁媪怡然皆自得，时空在此似停留。

石拱桥横碧水长，临河楼舍晚烟苍。岸无芳草堤无柳，似古非今若馆藏。

酬致陶明贤先生

三月桃红造访君，腊梅初放过寒门。根材惠我还传艺，诗稿蒙君更有心①。
杯底浅尝人未醉，席间畅叙酒无温。橱中未尽陈年酿，留待重来与共斟。

注：①陶先生为我的诗稿出版颇费心力。

送别剑秋赴常州探襟弟玉昌病

少年分别寻常有，老大徒生劳燕情。镇日家居无别事，时时顾壁计行程①。

注：①壁上有挂钟。

待　归

寒冬羁旅最凄清，偏使孤身策杖行。电讯遥传千里外，飞车夜雨送归人。

初雪与孙儿同度二首

冬来无雨意相违，今日寒风挟雪吹。临户小孙频顾望，穿堂喜报雪花飞。

窗外寒风逐絮飞，初开电暖下重帏。小孙背诵诗词后，又计明朝访雪梅。

收视中央电视台《三峡再聚焦：处置摩崖石刻》有感

高峡平湖一旦成，东巴风物半沉沦。沧桑自古无情变，今日安排为后人。

二〇〇二年

春日久雨新晴游神山公园

春来多雨暂晴天，我趁新阳到野园。几树小桃红灼灼，满坡芳草碧芊芊。
才闻林鸟鸣深树，又听田蛙闹浅泉。摘得山花归日午，春光分与老妻怜。

痔疮复发，卧床将养，偶成一绝

夜雨敲窗入梦迟，连天长卧不知时。无关重病需将养，最合神思好作诗。

游马仁山二首

马仁山

马仁独秀傲群山，石自嶙峋水自潺。修竹茂林长蔽日，焚香洗墨任安闲①。

注：①马仁山有庙宇和洗墨池。

马仁山楠木林

树本生南国，乔迁此处山。幽泉资渴饮，危石作围栏。
雨露偏垂爱，风霜未忍残。清阴长夏日，山客不知还。

听门前鸟鸣有感于环境保护

高树门前绿有荫，深藏好鸟自由鸣。此身不在山林里，翘首窗前听福音。

西行纪游五首

秦始皇陵墓

日照骊山气莽苍，秦陵何古未沧桑。灾罹黔首终遗恨，奉出佳鲜享万方[1]。

注：①陵墓山丘上广植临潼石榴、火晶柿子等良种果树。

登华山北峰

孙儿七岁，余七十有三，与之同登华山北峰喜赋。

险峻闻名数此山，携孙登顶尚悠闲。西南绝岭遥相望，留待孙儿日后攀。

过灞桥

驱车经过灞桥一带，导游小姐凭设想，指认旧址，未免惆怅。

春满秦川柳色娇，离亭送别总魂销。驱车过此凭伊指，何处田园是灞桥？

参观华清池五间厅

蒋张人格本相违，持重周公欲解围。讵料二人难理喻，终留无尽是和非。

兵马俑咏怀

珍宝深封埋，两千三百载。一朝金关锁，终被庶人开①。铠甲雄兵列，粼粼车马来。
形神写实艺，布局良将才。工艺惊后世，规模何壮哉！征徭七十万，尸骨垒高台。
民脂民膏灌，文化放异彩。原是人民创，终回人民怀。今日见世面，寰宇睹风采。
天下大奇迹，第八且安排。经营重此处，中华两宝库：探求文化源，发展经济路。
扬我民族光，致我人民富。不忘掘井人，启开此门户。

注：①兵马俑最初为三位杨姓农民所发现。

咏上海车行高架路

不见行人不遇拦，飞车有道总高攀。高楼大厦无根底，城市人生一半看。

车过淀山湖一带度假休闲胜地

从来游乐在苏杭，今日湖滨别样装。度假休闲佳绝处，天堂更造小天堂。

游周庄感赋二首[1]

欲访周庄步履迟，石桥驳岸雨如丝。荡舟买卖人如许，未必风情似旧时。

古镇江南欲淹留，归来常忆复神游。深闺何以埋名久，幸有明公一应酬。

注：①周庄被确认为国内外旅游胜地只是近十余年的事。这与邓小平同志在与哈默博士的交往中得到一幅油画《故乡的回忆》不无关系。

周庄迷楼遣兴①

雅兴豪情寄壮游，诗人沉醉也淹留。水乡风物人文好，无复迷人若此楼。

注：①迷楼为当年柳亚子等一批文化人相聚之处。

壬午初夏读《参考消息》载《澎湖之旅》有感

海岛风光入梦中，多年一水隔台澎。航天出境犹无阻，咫尺家园未畅通。

夏日清晨过镜湖公园为鸟鸣所动

昨夜风轻上小楼，今晨露重过芳洲。人禽相娱晨光好，林鸟娇痴尽转喉。

明碧轩消夏

读书行草课稚孙，晨入墟场午闭门。风送晚凉人解困，开轩坐听树蝉鸣。

读《无法承受之重》，赠许大昭先生二首

十年走笔一书成，说古谈今论世情。国计民生皆竭虑，几人勤奋亦如君？

承重无方一泄宣，个中自有苦酸甜。文章亘古真名士，敢为苍生质昊天。

有感于苏南小城镇发展三首

建设与管理

苏南小镇气如虹，楼舍园林竞治容。若愿中华常锦绣，好花还要护持功。

经济发展与环境保护

人类生存第一条，只求发展反糟糕。如何悟得灵通法，既取真金又不烧。

物质文明与精神文明

文明发展有新求，物质精神两不丢。数十年前公益事，如何今日待从头。

哭玉昌襟弟四首

岳父登仙我撰联，劳君代笔挂灵前。今朝我诉哀君语，无力亲书乞后贤。

平生首次学垂丝，横岸桥边有我师。最喜钩来鱼几尾，相随归钓月明时。

惜君吴语乡音重，叹我重听反应迟。在世相谈难置腹，无穷无尽断情思。

冷月无辉若有知，无眠枕上赋哀诗。不知长夜思多少，窗外微明我睡迟。

梦母二首

六五年前一病身，两腮红润瘦峋嶙。今宵梦里帷中见，忍看清癯血泪痕。

远游归省奉汤羹，悲喜交生泪满襟。清夜梦回何寂寞，无人能共忆娘亲。

为街头与售鸟人交谈确认黄莺而作

声形美妙早倾心，幼读诗文印象频。人世艰辛多憾事，今朝结识小黄莺。

侄女厚琼从故乡来与之相叙

时迁半世记犹存，喜与琼儿叙里情。乡恋殊深难备述，搜肠历数故乡人。

二〇〇三年

病中自嘲

寒冬时节，痔疮复发，连日卧床休养，神思无羁，梦中竟作世外游，因以自嘲。

小恙连天卧榻休，无寒无虞傲王侯。老妻独揽家常事，任我逍遥世外游。

梦回乡

江南春色正芳菲，身未成行梦已归。不只练湖风物好，故人故土总难违。

回乡杂咏二首

过巷穿街处处寻，旧时旧物荡无存。昔年邻里难相认，唯有家山似故人。

旧时门巷梦魂通，今日归来陌路翁。步出街头频四望，家山如故夕阳中。

癸未正月与剑秋等扫诚姐墓

策杖相携到野村，鲜花纸烛慰英灵。艰难到死怜稚弟①，贫困捐台葬自身②。

操守岂因贞节志，孤高终博远邻钦③。迟来二十余年后，不见遗容见墓茔④。

注：①诚姐病危时不让家人告知在外地工作的小弟，主要怕拖累了我。②弥留之际，嘱家人将一张家传的旧木桌捐给庙上，以求得一葬身之处。③棺柩运到陶家咀村时，不少村人聚到村前，并将棺柩抬到墓地。④她死时，我既未赶回见她的遗容，时至今日连她的遗像也未见到。

品尝从故乡带回的食品

家乡面饼与糕糖，吃在童年满口香。赠予旁人无甚好，老来细嚼味悠长。

与厚亮侄相叙

绣溪风月洗铅华，古邑巡游处处花。同里同宗同意趣，兴衰小镇话仇家。

与同里后贤江春同志相叙

相遇芝城兴致佳，宦游同属在天涯①。忘年叙及情投处，魂系双峰忆外家②。

注：①宦游古指在外地做官，今亦可作在外地工作解。②双峰即双峰寺，乃江君故乡，亦余外婆家所在地。

西　施

越女寻常日浣纱，一朝赏识且荣华。吴宫金粉终湮灭，烟水苍茫是妾家。

读《浦洲吟草》，答浦经洲兄

从来治学攻唐宋，又得余年广授诗。喜结文缘存海内，擅联佳句颂明时。
题赠唱和烦难事，步韵填词未肯迟。满卷烟霞弥足贵，诗翁风骨了然知。

雨后过九莲塘

雨后莲塘水静明，桥头白石踱行人。归来驻足垂钩处，不羡鱼情羡水情。

赠厚琼侄女、家才侄婿

弱女贫男最可钦，啄泥衔草振寒门。奉姑风雨多年泪①，育子炎寒半世辛。
庭院除尘留老叔，砂锅煮菜暖亲情。归来两日难倾叙，且待寒冬续席温。

注：①姑，即厚琼的姑母，我的胞姐，生平苦难甚多，厚琼为其养老送终。

伊拉克战争杂感五首

和平素为世人珍，竟有狂夫丧尽心。驱使国人同赴死，横加浩劫异邦民。
西方豪富技高新，袭击东方古老城。烟火升腾无日夜，文明何苦毁文明。
原为豪强又遇强，一门父子两强梁①。传承可叹无多技，唯有同营此一行。

注：『原为豪强』指萨达姆。『一门父子』指老布什和小布什。

历史从来多乱争，主权终是最强音。城头异国旗升起，民族情无内外分①。

注：①旅外伊拉克人亦回国参加抗击美英联军的战斗。

寻常百姓似羔羊，外敌侵凌胜课堂。民族仇情如烈火，铸成意志比钢强。

携孙儿放风筝

携孙斜日上冈台，直放飞鸢天际开。翘首雄姿难注目，乘风常向日边来。

春夜听雨

无端小恙误韶华，今过芳园景色佳。才置檐棚听春雨，又添心事惦桃花。

叶君日斗过访喜赋

故里相违半世前，身材体格识无缘。音容笑貌依稀见，腼腆机灵一少年。

癸未清明前携妻沿师大校园内新修的登山石径春游

未及清明早踏青，恐逢时节少晴明。登山石径通幽处，驻足云台远市声。
隔院禅房燃香火，穿林丝管奏清音。少年我辈常游此，今日流连尽后生。

答谢耿尊芳同志赠《论语手读》[1]

君居淝水滨，惠赠我鲁论。圣言滋雨露，隶楷起烟云。
入仕人如故，出山泉亦清[2]。世情偏实惠，幸得重斯文。

注：①《论语手读》系清人郑燮隶楷手书印本。②『出山泉亦清』为杜甫《佳人》中『在山泉水清，出山泉水浊』的变用意。

春日步行新修成的黄山东路二首

路径通郊直面阳，道宽人少任徜徉。挺胸阔步无拘束，且向东风学放狂。
春云泼墨重如铅，风卷天开景色鲜。常日不辞行健步，四时物候我知先。

春晨雨后漫步

春朝雨后最堪怜，夹道红花翠叶鲜。晓日破云先澹澹，柔枝挂露总涟涟。
常思老淀浮污垢①，但见新荷贴水圆。不觉霏霏天作态，归来衣湿尚流连。

注：①老淀指住处附近一污水湖。

与非典型性肺炎斗争二首

不识微生竞杀人，寰球对此俱惊心。顽强战斗无烟火，奋勇攻防有献身。
以死换生不反顾，且离犹近愈情深。全民今日皆临阵，共逐瘟神众志城。

有病流行举世愁，中华儿女忾同仇。方舟负重能承载，沧海横流善运筹。
民众卫生翻自觉，社区防疫少杞忧。从来发展多干扰，今日无须叹白头①。

注：①岳飞《满江红》中有『莫等闲，白了少年头』句，今天我们不曾等闲过，更没有因『非典』而耽误多少事。

春日即兴

老退痴迷山水诗，春来行疫出游迟。日常自有逍遥法，最是行吟款步时。

拟答友人

难为旅游客，未做归田翁。惟有行吟路，常留杖履风。

鸥鹭情

有鸟飞旋忽又停，桥头倚立睹真形。西洋湖水澄清日[1]，待结烟波鸥鹭情。

注：①西洋湖即《春晨雨后漫步》所注『老淀』。

有感于市内一处荷塘小景

绿萍翠盖水中央，水鸟双双嬉乐场。闹市若能留一隅，尘寰可造小天堂。

癸未儿童节与孙儿挺挺同游汀棠公园

节逢六一伴孙游，碧水苍茫驾小舟。如此晴明好时日，汀棠湖畔卧淹留①。

注：①于林间系一吊床，二人相替卧其上，久久不愿离去。

看电视剧《辉代英》

一介书生品格高，虽居阶下气英豪。襟怀济世才情盛，肠断江南有『二乔』①。

注：①他的前后两位妻子是亲姐妹，如三国时东吴的大乔、小乔。

校园之晨印象

高枝耸翠净庭除，坐享林荫好读书。鸟语风传清且脆，花香露湿有还无。
境幽景美人多俊，地老时新物更殊。赭麓镜湖相拥处，风云半世忆寒庐①。

注：①一九五二年我上安徽大学时，校舍极其简陋，两个学生餐厅皆为芦席、竹帘搭建。

新凉喜赋

多日高温电控炎，闭门困处也堪怜。新凉尽享开轩卧，一夜微风浴我眠。

秋夜忆张寿康先生

凉风天际起，忽忆老先生。鹤发童颜貌，轩昂伟岸身。出言京雅韵①，
落座论诗文。盛夏年年聚，于今作古人。缅怀高风范，学界同仁尊。
身居学会首，论著总先行。主持研讨会，率众发先声。相从无令色，
相悖气心平②。后学年轻辈，提携最认真。生活甚严谨，游艺亦倾心。
两度登门访，视为挚友亲。家人皆伺候，设宴甚殷勤。小院寒梅放，
呼儿摄影存。至今二十载，合照永留情。

注：①张先生一口北京话，但无当地方言土语。②在研讨会上，听到赞同或反对意见，他都平心静气。

致剑秋

去岁寒冬君痛多，今年本命我多磨。怜君举步惟车助①，叹我蹒跚奈痔何。五日卧床承照应，三更梦醒忆蹉跎。明朝老骥回春力，偕尔游山渡大河②。

注：①自二〇〇〇年她第二次置换人工关节后，为了减少步行磨损，特购一种小轮子自行车，并在后面加上两个童车用的辅助轮子，确保骑车安全，用以代步。②她特爱旅游，常出远门游山玩水。

桃　赋

桃熟大又甜，乡人售价廉。先买挑大个，啖食尽尝鲜。案头赏形色，悦目又垂涎。花开三月里，山川为之妍。生长无条件，处处都随缘。山林馆苑内，盛景足流连。稀落堪清赏，竹篱茅舍边。天遣此物生，广为世人珍。根枝叶花实，无不为生民。奉果祈人寿，刻符报新春。入药可疗疾，烹茶干果馨。如此桃文化，吾人堪自夸。灼灼其为花，于归宜室家。春风催桃李，育人满天下。刘郎千树诗，学士两三枝。桃花如人面，桃叶渡情痴。若看历史前，桃事最绵延。形色似端露，水母实为先①。

神话传说里，记述有连篇。夸父遗杖处，桃林自此衍。视果为珍馐，王母宴群仙。
神通孙大圣，饱食精神添。世间人与事，功德总难全。桃花颜色艳，常寓男女嫌。
花开终落去，轻薄有谁怜。优胜为我取，避短去差偏。泱泱古大国，历史有渊源。
区区一桃事，犹可言万千。我今作桃赋，难免浅陋处。只为一抒发，有感快为吐。

注：①桃花水母，状如桃花，且在桃花开时出现。这种水母已存在几亿年，多数品种都出在我国。

病中吟

每有病痛，多方牵动家人，国庆期间亦复如此，因以感赋。

年衰体弱病常生，人世温情倍感增。娓娓电传儿询问，朝朝和饮女孙情①。
寻常冷暖惟妻嘱，席上羹汤为我烹。淝上故人多有约，但期早愈早成行。

注：①孙女仇雪在上海工作，为我旧病多方询问医界，近日又寄来蛋白粉，并有附言，情深意切。

多年前移栽的桂花，今年首次盛开

七载凄清今释忧，飞金累累满枝头。老妻助我攀高折，赠予诸儿尽享秋。

神舟五号飞船载人飞行成功喜赋三绝句

神舟名号姓神州，也向空间作壮游。携手美俄三大国，同营宇宙尽风流。

放飞幻想总空蒙，月殿灵霄在几重？今日神舟载人过，踏勘宇宙计程中。

绕地飞天匪所思，切身体味是先知。杨门自有英雄后，冲出天门更入时。

浙西纪游九首

乘车赴临安经宁国途中作

佳山秀水紧相连，皖浙毗邻无际边。最是行车深切处，一如尘世一如天①。

注：①宁国一段山路崎岖不平，人在车上吃尽苦头，进入浙江界，路况甚好，人也感到

舒畅。

宿临安①

旧颜不识识新颜，楼宇玲珑路面宽。难得人情好温暖，临安亦可谓宁安。

注：①古称临安，乃南宋偏安之处。

大峡谷山水

黄山山色世称雄，千岛湖光入梦中。唯有此间俱佳绝，山情水恋两相融。

临安遣怀①

山外青山楼外楼，临安故地素风流。湖山不减宜人色，游乐从来未肯休。

注：①宋代诗人林升《题临安邸》诗云：『山外青山楼外楼，西湖歌舞几时休？暖风熏得游人醉，直把杭州作汴州。』笔者联想所及，因成遣怀。

随团旅游二首

旅游团中有我、老伴及我八岁的孙儿，男女老幼相处融洽，兴味盎然，不仅感受到自然之美，也感受到人情之美。

偶遇同车结伴游，未遑相识意先投。好山好水人钟秀，换了心灵好自由。

情钟山水换心灵，掩饰矫揉一扫清。老弱此间多照应，一家童叟众人亲。

惜别大峡谷

一日行程未尽头，此番只作浅尝游。佳山秀水深藏在，留待重来再探幽。

白水涧

涧名白水出清泉，竹海无边绿到天。奋力登高凭自信，从容历险赖人缘。

瀑悬绝岭飞三叠，桥踞危峰渡众仙。但见长拖青竹下，山间处处似鸣鞭①。

注：①此处山林盛产毛竹，砍伐后，山民用肩扛住一捆毛竹的一端，其余大部分竹身、竹梢以及与之相连接的成串毛竹，任其落在山道上往下拖，发出叭叭响声，宛如爆竹。

鸬鹚潭

崖高林茂水悠悠，浅水芦花放筏舟。锦缆徐牵开翡翠①，虹桥款踱俯清流。

亭名倚枕堪留足②，潭息鸬鹚待探幽。日午回车同聚食，山乡野蔬胜珍馐。

注：①这里的竹筏都用一根绿色的尼龙缆绳系在石潭另一边的岩石上，舟人用手收拉缆绳使竹筏前行。②鸬鹚潭山崖上有一名为『倚青枕白亭』，姑简称为『倚枕亭』。

老人学电脑

老人电脑不知玩，事理人生屏幕间。幸有小孙多指点，始知世界好斑斓。

癸未立冬久旱遇雨

晴旱多时夜转凉，立冬今日最安详。黎明卧听潇潇雨，拥被悠悠入梦乡。

银　杏

此树最为珍，生来有性灵。果成如白玉，叶老似黄金。
增得寒秋色，还充盘内羹。名山多古木，千载识风云。

赴合肥探视赵君剑芒兄腿疾感赋二首

赭麓同窗半世前，风华年少过云烟。三年困苦诸多日，享我还添几碗鲜①。

注：①当时，我单身居合肥，剑芒兄常邀我去他家做客。

闻君股骨患沉疴，未见形容竟若何？几度欲行耽雨雪，今朝幸得避寒魔。

访何君庆善兄

廿年久别形容老，长忆同游故态生①。谈笑不知人入暮②，日斜款叙到初更。

注：①庆善兄健谈，且幽默、直率，说到高兴处常有笑声，有时笑得连身子都在抖动。

②『入暮』既指一天，又指一生。

癸未冬至日客思

暮云残照纸灰飞，此日年年我未归。衰草寒烟庐墓处，慎终追远可凭谁？

有感于美国『勇气号』火星探测器成功登陆火星二首

地球人类有期年，些许文明甚可怜。登陆火星伊始后，何妨天外访高贤。

洪荒莽莽不知年，神教诓言创世篇。宇宙空间能识得，如何再塑九重天？

明碧轩闲吟（续）（二〇〇四年至二〇一九年）

二〇〇四年

喜见入户春风

物候迟来市井家，雨窗清冷自烹茶。春风入户无声息，但见庭前一树花。

吃烤红薯

昔年困苦赖兹撑，今日犹当美食珍。不独香甜绵可口，此中体味有人生。

早春游校园

寒威未尽乍晴天，我着冬装入校园。几处花枝才点染，早春风味也无边。

时事咏怀

老年兴致欠长佳，游旅归来不看花。一纸新闻常尽读，无边心思系天涯。

致李柱铭等

月圆花好紫荆馨，七载回归梦未深。我劝诸公休挟重，百年国耻记犹新。

暮春雨前游校园

预知电讯报连阴，不误春阳再踏青。泉水有声风有韵，芳园亭阁自留人。

暮春雨后郊游

雨后轻寒晓日妍，新荷贴水几多圆。郊游纵有泥泞苦，时令更新识大千。

春日听鸟鸣杂兴三首

枕上听鸟

雨声淅沥鸟频啼，枕上闻莺趣亦奇。朝暮晴阴人不倦，深闺无梦到辽西。

庭院听鸟

春来庭院似山林，格磔关关叫众禽。闻到此楼将拆尽，如何再择旧芳邻？

林中听鸟

晴云丽日坐林荫，风软花香欲醉人。幸得老来聪一耳①，犹能自在听鸣禽。

注：①余左耳失聪，右耳正常。

午后翠明园信步

午后独徘徊，园门静且开。波光凝碧树，日影冷苍台。
有鸟穿林去，无人入洞来。寻幽偏僻处，石径没蒿莱。

迁居凤凰山三首

且住小楼今日好，遥怜别院昔年春。此生迁徙知多少，最喜林园在比邻。
学苑环偎秀岭边，居家何幸接林园。时过亭午人将倦，卧对青山入户眠。

百步可寻三径秀[1]，一墙还隔两家幽[2]。晨昏晴雨凭栏望，烟雨森森老白头[3]。

注：①凤凰山宿舍与风景秀丽的安徽师范大学校园及翠明园相距不过百米。②安徽师范大学校园与赭山北麓之间由一堵石墙所隔。③青年时便在赭山下求学，老年又迁至此山边居住。

陶辛纪游二首

荷花风情园

翠绿娇红锦绣园，花丛间道踱群贤[1]。荷塘别有风情样，更忆江南可采莲。

注：①这是一次由学校组织的集体游玩。

与孙儿挺挺同游湖心亭

断岸重重堤小舟，飞桥远引隔烟洲。爷孙俱有顽童趣，且向沧浪涉水游[1]。

注：①水上长桥曲折、蜿蜒，其间有一段积水数丈，余与孙儿皆脱去鞋袜，涉水而过，登上亭子。

《明碧轩吟稿》出版，收到新书即兴

平生碌碌总无功，岁月情怀尽卷中。老少全家欣诵读，性灵深处识吾翁。

剑秋学游泳随感

老妻学泳入清池，我欲从游几度迟。三十八年前击水[①]，苍穹碧水夜凉时。

注：①一九六六年，全国掀起学习毛主席畅游长江的群众性游泳热潮，常常是晚上学游泳。

再学游泳

无病无忧七旬翁，兴来再学老顽童。人生多少舒心事，最是徜徉碧水中。

夏日傍晚登赭山

长日蜗居且自安，夕阳照我独登山。拾阶挥汗神犹爽，野径无人噪晚蝉。

二十八届奥运会组诗

赞刘翔夺得男子一百一十米栏冠军

英姿跃上冠军台①，崭露锋芒风气开。莫道吾侪生性弱，追风自有少年来②。

注：①刘翔登上领奖台是跳上去的。②刘翔被誉为『追风少年』。

赞李婷、孙甜甜夺得女子网球双打冠军

二女年轻未显名，此番挫败大球星。从来霸业原无主，尽属翻天覆地人。

观雅典奥运会开幕式、闭幕式有感

文明源自古文明，禀赋文明更赤诚。同为文明相聚首，共营人类大文明。

游赭山公园新辟景区

林荫夹道影斑斓，沟壑玲珑水自潺。景物人文全不识，登高才见故家山。

于校内画廊参观焦波《俺爹俺娘》摄影展

亲情故土与民风，酿就图文醉我翁。若使童心温旧事，人生百岁也还童。

过贺君崇明生前旧居

疏篱小院自风流，岁月峥嵘数十秋。过往此间常注目，思君独忆小红楼。

秋兴三首

野径黄花瘦，霜林色彩多。游归意未尽，木叶下寒波。

老来兴味似闲僧，长坐幽篁远市尘。向晚归来林未尽，山间夕照树梢明。

繁华闹市未销魂，梦到江南黄叶村。白屋清寒人富有，林间无处不飞金。

读史

信史从来未必真，成王败寇讳如深。黄袍加在谁身上，功罪全凭世俗评。

弋矶山

崖肃江寒芦荻秋，难忘异国小红楼①。高层俯望矶头色，黄鸟翻飞绿树头。

注：弋矶山医院有好几幢红房子，都是以前外国人建的。于今这些红楼大多隐蔽在绿树丛中，只能隐约见到一点。

病榻随兴

人生苦短堪珍惜，病痛缠身恨夜长。羡煞老妻鼾劲足，如何随入梦甜乡。

立春后校园踏雪

雪落无声一夜间，卷帘天地换容颜。晓来翁媪相携出，玉砌江南莫等闲。

题剑秋《丛中笑》小照

二月春风飞雪花，银装素裹遍天涯。琼枝玉叶丛中立，道骨仙风是咱家。

严冬过后初闻鸟鸣

才听鸣禽第一声，始知万物焕精神。论谁早得春消息，许是寒窗一老人。

初春赭山公园访梅

春来久雨更低温，今日冲寒放晌晴。柳欲牵丝花欲燃，芳园何处是梅林？

喜见春柳

轻笼绿影细垂丝，点染晶莹翡翠枝。春到江南人未觉，行吟湖畔始先知。

呈丁老大钧吾师 三首

岁月尘封半世多，如斯川逝不蹉跎。风华年少为师表，皓首勤耕奉楷模。
学界名高引为先，诗词书画也流连。境无内外人翘首，长领风骚逾百年。
绛帐师承器未成，才疏学浅愧平生。余年幸有诗情在，盛世无忧写性灵。

与老妻鸠兹广场放风筝

劲线旋盘美造型，好风直送上青云。忘年乐在春风里，笑语相谐过往人。

国民党主席连战首访大陆二首

鲜花笑脸喜迎宾，恨晚相逢白发生。半世风云多少事，是非恩怨属前人。

挚妇将雏大陆行，寻根访故过三秦。流连游宴非丧志，意在重温故国情。

二〇〇五年

读报两题

献肾救母①

孝道长存与世新，不愚不昧献真身。视同再入娘肌体，剖腹掏心救母亲。

注：《家庭保健报》二〇〇四年十二月三日报道，山东枣庄有位老母亲患尿毒症，在外地政府部门工作的儿子瞒着母亲，献肾救母，他认为给母亲献肾如同自己再回到母亲腹中。

忘母宠狗①

万物生来有性灵，怀胎养育最为亲。纵情宠物忘情理，不庆娘生庆狗生。

注：①《老年日报》二〇〇五年一月十日报道，天津有位老母亲七十寿辰，儿子、儿媳用母亲给的钱置办筵席为宠物狗庆祝生日，把庆母亲寿辰变成了庆宠物狗的生日。

乙酉初夏游瘦西湖 二首

广陵旧事越千年，风韵犹存秀色添①。身去魂牵归未了，此湖清瘦最堪怜。

注：①二十多年前，曾游过此湖。于今所见，更添秀色。

水曲林森石径幽，泛舟策杖任遨游。桥横岸断知何去，路转船回又一楼。

乙酉夏与老伴携挺挺重游北京 三首

过清皇帝皇子读书处

曲径生幽竹，游人过往频。临池亭阁静，犹忆读书人。

恭王府 二首

纵欲贪赃一佞人，凿池垒石造云亭。游人驻足唏嘘处，留得风光说宠臣。

秋水山房一断碑，庭前弃置使人悲。纳凉赏月今何在，岸柳池荷空待谁？

隐 者

循径入山去，归来忘自身。无由一回首，几处白云生。

赵一曼

谁家弱女闯天涯，身世难言未有家。一纸遗书慈母泪，满腔热血报中华。

四川纪游 四首

火车过西安

峡谷生幽草，苍茫入野山。古原红日落，暮色望长安。

火车过秦岭

巍巍秦岭远家山，一夜飞驰万仞间。莫道难行是蜀道，云横深处有阳关。

都江堰

柳岸萧疏古堰秋，波光水色碧如油。寻常遗迹无多用，唯此清江刻意流。

乐山大佛

三江汇合映青山，大佛擎天坐此间。幸得高栏窥半侧，无缘直面叩尊颜①。

注：①因我年龄大，游客多，导游劝阻我到近处直面大佛。

青城山二首

坐滑竿

林茂山深遇野樵，鸣泉危石雾难消。老夫借得肩舆力，见识艰辛路一条。

乘电缆车

山谷幽深万丈高，遥牵索道入云涛。若能兼得身心健，何似仙游降碧霄①。

注：①青城山电缆车较简单，形似座椅。坐上去有些胆怯，但也有飘飘欲仙的感觉。

与妻于峨眉山清音阁品茶

青蚱蜢飞惊入座，枯黄蝴蝶舞翩纸①。难忘最是峨眉旅，坐听鸣泉品茗时。

注：①一种枯叶蝶，乃峨眉山特有物种。

游九寨沟三首

紧跟导游走未能尽兴游

乘车览胜疏林隔，徒步寻幽体力衰。殊羡少年游尽兴，投怀恨不早年来。

镜　海

秋山入海净无痕，水底无由识浅深。不见沉浮生命物，此湖专事照空明。

孔雀河道

彩绘水中浮，俨然孔雀图。波摇不变色，风动有还无。

黄龙二首

池连翡翠多姿彩，水漫金滩逐细流。我欲与妻乘舆上，奈何一步一勾留。

晴阴无定总行云，水石相亲瀑有声。处处景观皆适意，山中遇雨也怡情。

飞沙关

妙龄少女有天姿，长在羌家不远知。承幸帝王终有恨，伤心犹忆扑沙时①。

注：①过岷江汶川县飞沙关段，据羌族传说杨玉环少女时曾在此洗浴，其时有少男偷窥，玉环扬沙逐之。

喜赋『神舟六号』载人航天飞船飞行圆满成功二首

英姿勃勃气凌云，瑞雪纷纷壮远征。大漠孤城欲何往，飞天直作太空民。

天地相连五日间，荧屏无日不争看。双人几日飞归后，寂寞嫦娥屈指还。

访旧日下放的红星大队

久别重逢约有期，郊行处处景新奇。门前白发犹疑认，座上清谈欲醉迷。
寻访旧游村郭变，悲闻相识故人稀。山河益秀人将老，未及倾谈日已西。

每日傍晚做环山行

入山石级层层远，晚径清凉人影稀。向晚登高犹健步，归来未虞路高低。

秋夜闻笛

微云渡霄汉，冷露湿梧桐。如此清凉夜，何人奏晚风。

闲　居

帘日山衔去，庭荫月送来。梁空迎燕子，门户自常开。

湘女归魂二首[1]

少女存仁不顾身，移柩不识旧家门。灵存首府居高望，魂在三湘夜夜巡。

注：①在台儿庄战役中，一位湖南籍少女参战负伤后，得到台儿庄一农妇救助。该女牺牲前出示一小布包，嘱农妇设法交其家人。少女牺牲后，农妇筑冢掩埋。六十六年后，农妇孙得到湖南某君之助，将此少女的骨灰移送长沙，安葬于烈士陵园。当日各界人士，均为之动情洒泪，但终不知该少女家在何处，家人何在。

自古从戎壮士多，妙龄湘女抗倭魔。香埋孤冢旌淮海，魂返苍梧逐泪波。

九莲塘公园新修甫成喜过

数月经营人气催，春来景色尽芳菲。卅年旧寓才离去，锦绣园林又待归。

偶　成[1]

寒输丽日地升温，忽若春风一夜临。不见花前多爱侣，满坡尽是读书人。

注：①一日天寒转暖，丽日当空。校园内一向被称为『情人坡』的草坡，满是晨读的男女大学生，气象为之一新。

酬汪君裕雄夫妇约友人设家宴谈诗二首

老友新朋兴致豪，谈诗话旧雨潇潇。头衔名片毋庸示，互约相逢纸一条。
粤羹徽菜味兼陈①，连饮香杯欲醉人。但为谈诗延旧客，主人心曲一何清。

注：①主人为徽州人，又常往返广州女儿家，故桌上有粤羹徽菜。

二〇〇六年

丙戌大年初一与妻郊外漫步

晨雾弥漫午日妍，经冬花木未消眠。蛰居寒气欺人老，出走新阳沐少年。

立春刚过，小雪初霁，游九莲塘公园

雪后莲塘照影鲜，亭台水榭足流连。冰枝错认梨花白，未及春来此处先。

雪后新晴漫步

艳阳万里照晴空，衰草萌青宿雪融。人老心宽多健步，关山无处不春风。

读《古月斋诗词选》酬赠胡炳生先生

生于吴越长于芜，绛帐春风驻镜湖。岁月流金君不误，江山毓秀我踟蹰。

融通理艺思无限，兼擅诗词兴自如。读罢先生三百首，深知求艺道相殊①。

注：①先生与我学诗词、写诗词所走道路不同：先生的专业为理科，『文革』前后，全靠自学，研习诗词，成绩斐然；而我虽早在童年受过诗词方面的影响教育，之后却疏于学习，无多长进。

早　春

芳园雨霁晓寒轻，湖水初平柳欲青。漫道早春无兴味，一分柳色一分春。

尽赏梅花

玉白珠红翡翠妍，凝芳园内有梅园。欲求尽赏花千树，连日山行绕此边。

林中拾趣

妙龄少女性天真，结伴登山入野林。山径悠长游未尽，来人相遇问时辰。

初春听鸟鸣

经冬雨雪日初温，驻足疏林听鸟鸣。但觉嘤嘤多细语，春寒未敢放欢声。

放风筝纪事

紧握轮盘趁好风，金蝉脱壳直腾空。放飞有术收无力，借助他人一臂功。

《美丽的谎言》读后①

茫然幼女望旗难，人众成全若梦看。莫道诓人无是处，谎言营造美人寰。

注：①有幼女失明，唯以不能看到天安门升国旗为憾。其家人在社会众人的帮助下，让其辗转乘车，到一升国旗处，谎称已到北京天安门，满足了该幼女的心愿。媒体以《美丽的谎言》为题予以报道，颇为感人。

看人妖表演二首

绣盖峨冠细束腰，丰臀玉面粉胸姣。轻声曼舞人难近，疑是西游遇女妖。
人生游旅最逍遥，和谐天然品位高。若此凄凉无限恨，男儿苦作女儿姣。

张家界纪游三首

拜谒贺龙塑像

风范长存立此身，烟锅骏马写平生。人难百岁无恩怨，终古家山有白云。

游天子山、袁家界晚归

才从天子山头过，又向袁家界内行。直上天梯三百丈，横穿峡谷几重云。
举头仰望天庭界，俯首深窥地府门。挥汗忘情无老少，归来入暮一身轻。

过金鞭溪

山魂水魄森林韵，铸就金鞭一线长。身在自然多福地，行如平履过仙乡。

游凤凰古城

凤凰瑰丽好风姿，自古深藏人未知。近世百年多俊杰，人文风物噪明时①。

注：①近三四十年来，由于改革开放，特别是旅游的发展，这里的人文、风物得到广泛的传扬。

泛舟半日，意犹未尽

凤城秀女淡梳妆，一曲山歌情韵长。来日何妨留一宿，家家灯火醉春江。

泛舟听歌，想及沈从文作品中湘女形象

魂牵翠翠与夭夭，沅水长流楼脚高。今日江干萍水遇，山歌唱罢女儿姣。

丙戌初夏，与家人返乡杂感二首

上坟

萋萋芳草碧如烟，道是先茔几度迁。疑为爹娘灵气在，野花摇动晚风间。

恋旧

五十年前旧迹无，遗存一舍苦何孤。于今留得门前影，魂梦归来傍此庐①。

注：①一九五四年长江发大水后，湖陇镇老旧房子除一家豆腐店门面外尽毁。

拜访老友李君印法，因其身体不佳未能畅叙为憾二首

少年求学共行程，幼为吾家馆内生。阔别常思旧时貌，相逢不识眼前人。

年年相忆盼相逢，今日相逢竟失聪。多少昔年交往事，此生无复两相通。

初夏居家即兴

匝地浓荫门院低，时禽终日叫痴迷。小孙夜课宵眠短，梦破黎明嗔鸟啼。

青藏铁路通车喜赋

昆仑亘古不知年，不住凡人只住仙。今日修成天上路，从容世外访桃源。

环境保护在西藏

圣水灵山绝世尘，珍禽异兽尽精灵。天人和谐常相眷，最是当今雪域人。

夏日近午过九莲塘

炎炎日午过莲塘，树影婆娑柳岸长。隔水亭台人欲渡，琴音飞越送风凉①。

注：①隔水相望的亭台那边，传过来唱京戏、拉胡琴的声音。

晴热多日遇雨，念及重庆等地更需雨水缓解高温

暑热蒸腾旱象长，可怜巴蜀最牵肠。如何大雨超三峡，赠予渝州一片凉。

夏日清晨校园漫步

晓叩园门锦苑开，偏怜幽径独徘徊。花枝未动凉先觉，时有微风拂面来。

喜悉重庆等地降雨

晴热无闻数十年，巴渝河泽欲生烟。欣知今日风云动，秋雨秋风应换天。

寄语小园桂树

人去小园荒，经秋桂树伤。早知攀折苦，何必满枝香。

漫步滨江公园建设工地感赋

江树森森隔野云，江声常惹旧时人。江流不息经千古，江岸翻新染世情。

秋日晨空所见

碧玉蓝天漾紫云，非丝非片不成形。天河浣女纱无绪，流落高空逗世人。

为某一画人作画

笔下风光满世情，人生无奈独凄清。山间落叶黄昏里，踽踽归来一画人。

赠陈育德先生

山水文章出少时①，风云半世早相知。征途未若君行健，老大无为苦作诗。

注：①陈君早年以一篇论山水诗的文章为学界瞩目。

再赞赵一曼

青春秀女出闺帏，仗剑匡危誓不归。倭寇加刑金不碎，绞干血肉志难摧①。

注：①见于《剪报》载《前日本宪兵披露赵一曼受刑始末》。

漫步赭山环道二首

环道在山林，寻幽不远行。黄花能解语，红叶可怜心。

雨过云无定，风来树有声。此间无日夜，随处可逢人。

阴雨连天寒气生，环山道上也凄清。林间冷落难温饱，野鸟离枝欲近人。

赤铸山寻春秋干将莫邪铸剑遗址未果

山林萧索地幽偏，遗址无从认作边。山草枯荣终未尽，可知铸剑几千年？

二〇〇七年

听新年音乐会古筝合奏

喜见娇娃奏古筝，寻常时日未曾闻。目迷纤手翻飞舞，但听弦音出彩云。

电视剧《上将许世友》观后

稚年苦作少林僧，练就钢筋赤子心。功业有成情未了，将军无奈树飘零①。

注：①有一个镜头，许世友晚年立于树下，表情凝重，落叶飘零。

丙戌除夕傍晚登晓玲住所楼顶平台眺望

岁尽寒轻已觉春，屠苏未饮爆先闻。经年未上楼台望，又几高层入暮云。

丁亥大年初三合家驱车返乡

久雨初晴日色新，合家联袂驾车行。老夫老妇随时俗，年正初三远串门。

清明时节携家人返乡扫墓，车过山东湾桥

阳春携眷返乡行，柳绿花黄照水明。孙女桥头忙拍照，白鹅青牯小山村。

未能及时赏花自嘲

芳园十日一花期，不慎迟来落满畦。莫怨春光已流逝，山林常有好时机。

梁祝文化断想五首

十八相送

女爱男欢人性情，同窗三载未言明。可怜十八长相送，相试相嗔美绝伦。

楼台会

风动花摇柳乱丝，梁兄赴约已来迟。因缘了断情缘在，愧对文君择婿时。

化　蝶

雨后花间风款吹，两双彩翼舞斜晖。原知化蝶庄生梦，但愿魂灵结伴飞。

历史渊源

根深源远古文化，民族精魂自有家。梁祝无须争南北，中华共育此奇葩。

国际影响

新生古国重文化，际会风云出海涯。非亚皆惊梁祝艳，香飘域外誉中华①。

注：①二十世纪五十年代初，周恩来总理曾把电影《梁祝》带到亚非会议上放映。

读《心灵妙语》，赠陈育德学兄二首

勇于理论探精深，匡误求真遍艺门。文艺百花人尽赏，切言三昧莫如君。

审美行为独具功，感官灵窍互为通。于今若遇怡情处，应省玄机在此中。

读《赭山三松集》，忆恩师张涤华先生二首

初谒师门

数间瓦舍偎篱笆，几净窗明紫燕斜。初谒师门情似怯，课书女弟献清茶。

忆张老

求知负笈渡江东，绛帐初开识此翁。授业精心无教类，提携情志不相同①。
抒怀浪漫诗人味，处世从容学者风。世势进迁山永秀，苍茫烟树望青松②。

注：①大学毕业后，我开始跟张老师进修现代汉语，后转而进修苏联文学。②《赭山三松集》收录了宛敏灏、张涤华、祖保泉三位老先生的诗词作品。『青松』寓意以张先生为代表的三老的精神风貌。

咏池边无名小花

明珠串串挂柔丝，玉朵纷呈白雪枝。若此风姿何独妙，芳名未予众人知。

春日雨后晨练

莹莹草露晓寒轻，绿浸园林天宇清。寻得新阳初出处，一施身手焕精神。

观电视剧《温暖》口占

题为『温暖』写人情，温暖人心事倍成。唯有人存温暖意，人间无处不逢春。

暮春校园遣怀

四月芳园四溢香，蔷薇出苑现浓妆。暮春时节晴方好，独步花蹊对夕阳。

云南之旅二十一首

为滇池受污染作

自古滇池享誉清，于今胜景已难寻。可怜老病污颜色，徒有芳名系远人。

三角梅

园门亭郭落红云，三角成花户户珍。为盖为屏为盆景，齐来装点此春城。

游西山龙门

龙门独凿十三年，起伏蜿蜒上九天。附石攀缘图发达，老夫览胜最为先。

于大观楼公园勾留半日

一堤烟柳几亭桥，画舫轻摇晓雾消。临水长廊花拂幔，勾留半日且逍遥。

游石林

山色寻常林木稀，石林状貌独称奇。千姿百态无常景，一处风光一画题。

游洱海

洱海风光堪独怜，水深浪阔碧连天。免遭墟市多污染，尽享高原少闹喧。
山色波光融入画，烟霞日影幻轻帘。何时重乘游船渡，再品鱼虾岛上鲜。

于蝴蝶泉之偏僻处喜见蝴蝶飞舞

事物寻常无远声，多因炒作博虚名。余今独向无人处，彩蝶翻飞不避人。

由大理至丽江途中作

丽日行车赴丽江，云浮晴岭满青苍。才辞古国南诏地，又探高原七彩乡。

丽江小景二首

古镇红灯夹水流，石桥两侧斗歌喉。几家阿妹翩翩舞，接踵摩肩且逗留。

小桥流水柳垂丝，面市家家置酒卮。肤色音容多异客，互为含笑似相知。

丽江黑龙潭公园二首

流连终日

黑龙日夜作泉声，聚液成潭毓秀灵。古拙清幽多野趣，流连终日四游人①。

注：①我们老两口与凤良尧、吴冬娥夫妇四人同游。

记泉边趣事

古木参天绿韵深，流泉激石戏鱼群。老妻兴起童心发，信手捞来又放生。

记一女导游超群技艺

连珠妙语说游人，口若悬河导我行。昔日蛮荒偏远女，于今披挂倡文明。

東河古镇印象二首

红灯绿树映亭台，临水门楼一面开。古道于今何处觅，清溪冷石满苍苔。

井连三眼匠心裁①，浣女临池明镜开。一水长流牵翠带，琉璃碧透过门来。

注：①随着水流连开三个井口，顺水而过。第一眼井供饮用，第二眼井用于洗涤，第三眼井作他用。

在藏家做客

相携做客藏人家，屋宇堂皇服饰华。盛意难辞如故旧，风情别样在天涯。

游普达措国家森林公园二首

白云拥雪水天蓝，草甸森林放牧闲。休臆九天多福地，瑶池仙境在人间。

森林湖泊结因缘，共育高原一片天。策杖乘船皆入画，仙乡何处水云边？

游虎跳峡因体力不济未能尽兴

白云白雪两相依，装点青山未肯离。虎跳峡深难尽历，老来风景莫痴迷。

未游玉龙雪山，却在归途中见到远处众多雪山

崎岖山道百重弯，偶见云峰叠雪山。未到玉龙情未了，不期多次仰尊颜。

在大理旅游因故不甚愉快，但归来之后却常有断忆

人间七彩属云南，游罢归来梦里看。洱海风光三塔影，白云常驻点苍山。

黎明枕上闻鸟

敲金振玉和瑶琴，短引轻扬变奏鸣。残夜梦回多兴味，林禽合乐到天明。

老少三代驱车同游上海世纪公园

子驾轻车入茂林，孙驱轮转傍湖行①。媪翁尽享消闲福，半是风光半晚情。

注：①公园内有可供二至四人同坐的专用自行车。孙儿挺挺选了一辆四人同坐的车子，学着驾驶，颇为成功。

读冰心

人间美好蕴真情，细语清辞写性灵。万物生灵皆所爱，从来含笑面人生。

读丁大钧先生《惜分阴再续集》

秉持正义说公平，世事长牵几埸情。晴雨晨昏常日里，时时吟唱老诗人。

诗记我国首次探月工程成功

奔月飞天梦未休，千年宿愿一朝酬。嫦娥借驭长征箭，无悔偷灵再壮游。

记温家宝总理为第一幅月球图像揭帔

揭去红帔面世间，嫦娥旷世现真颜。蛾眉不见空思念，省识瘢痕亿万年。

亲情[1]

电话遥传问候声，温柔亲切且天真。早知欲共喃喃语，何必先提约话人。

注：①一次，老伴在上海大儿处，我打电话给她，可接电话的是孙女仇雪，她开口就问：『爷爷，你一人在家可寂寞？』我随口问：『奶奶可在？』她便将电话交予奶奶。事后我若有所失，觉得雪儿所问仍有孩子般的天真，何不与她多聊几句，重温与之幼时喃喃共语之乐。

二〇〇八年

小雪之后所见

寒夜无声坠梦乡，晓来帘隙透银光。花梢树冠多披戴，尚有余枝未着装。

大雪之后校园探梅

情钟山水走天涯，时值隆冬兴未差。策杖不辞寻野径，雪深犹自探梅花。

冰雪情二首

小序：二〇〇八年春节前后，我国南方多省市遭受五十年不遇的冰雪灾害，全国人民奋力援救，其中来自唐山的宋志水一行十三人的事迹颇为感人，因赋两绝句记之。

无私奉献

平民百姓不寻常，情系灾胞志若钢。长忆昔年恩义重①，甘将热血暖南疆。

注：①一九七六年唐山大地震，得到全国人民的支援。

佳节思亲

尽解私囊不顾身，离乡佳节倍思亲。天涯风雪关山远，互祝年安拉泪痕。

我与老伴携外孙女王霜、孙儿仇挺之同游初开放的方特欢乐世界，喜赋二首

进入景区

古老鸠兹欲入流，建成游乐拔头筹[1]。湖滨添得新奇景，犹似『凝妆上翠楼』[2]。

注：①据称此游乐园是『中国目前规模最大的第四代主题公园』。②拆借唐人王昌龄诗句。

玩飞越极限

毛公畅想半成真，坐地巡天无古人。翁媪不辞飞极限，感知超越慰平生。

时事二题

赞残疾女运动员金晶保护奥运圣火

志坚体疾是金晶，勇捍尊严圣火明。祖国振兴今阔步，无谁螳臂当车行。

奥运会期间一些人借题、借机反华，激起全球华人更强爱国热情

崛起中华胆气豪，从容应对小寒潮。红心寰宇传光焰①，欲泼还浇火更烧。

注：①传递奥运圣火。

诗记『五一』假期自驾车合家老少游大通、和悦洲一线

子媳孙儿情趣高，车驱翁媪逐新潮。游程远近无须计，饭食谁家随兴挑。

河蔬江鲜皆恰意，清茶凉啤困全消。归来迳驶临江道，灯火玲珑过市曹。

大通老街见闻

客居旧馆依稀认，更见查家老店门①。相语街翁兴废事，明年古镇几家存。

注：①仅存一家完整的老店门面，门楣上还可看出『查广和』三字，据说是药店。

重游和悦洲

六十年前一少年，旅途染疾寓江边。于今皓首重游此，古镇萧疏宿晚烟。

寻访和悦洲白鳍豚养殖场旧址

江树森森江草齐，水清浪阔日斜西。相携寻访珍稀类，寂寞长堤塑白鳍①。

注：①白鳍豚今已绝迹，唯见长堤上建有的白鳍豚雕塑。

有感于汶川大地震电视新闻五首

一方有难，八方支援

地裂山崩万壑间，山川变态寄身难。五湖四海闻风起，水陆航空动宇寰。

温总理与受灾儿童

亲聆稚女放悲声，深触高层慈母情。执手相期存活好，可怜酸楚老人心。

子弟兵搜救幸存者

无端顷刻难临头，天降神兵人命搜。地塌天崩重见日，凄然一笑解千愁①。

注：①被从废墟中救出的受伤灾民以微笑答谢子弟兵。

将军探身洞穴

一命何曾重若兹，领兵搜救大兴师。将军马上见风采，更在躬身入穴时。

赞支援灾区志愿者

男女争先不问年，川资食宿一身肩。无功无利无差遣，听任心灵一往前。

怀念受震前景区

沟名九寨誉全球，我溯岷江径往游。两过汶川山水境，梦中景色可曾留？

住院期间，夜登弋矶山医院高层望长江大桥

日览长江景物多，不知夜色竟如何？星光电彩连天地，疑是明虹卧浩波。

心梗术后有感

老病相摧未自量，介疗心梗换心肠。古稀之后犹行健，从此人前少逞强。

住院半月所喜爱的树根盆景已枯死

体弱无能顾自身，原为属意却忘情。归来不见婀娜影，满目枯黄恨至深。

秋后五日夜为大雷雨所惊

重炮临空续作声，湖河江海势将倾。惊心动魄人无睡，且喜明朝浊暑清。

喜赋北京奥运会开幕式

绿色寰球是一村，隔沟隔坎不相亲。蓬门尽启迎宾客，花径重修待友人。
千载光华全世见，万方风采一时呈。相逢相识复相顾，疆域无分若比邻。

国际奥委会主席罗格答记者问

罗格先生见识深，主持奥运大功成。却嫌老调无新意，自撰新辞表赤忱。

奥运赛场三首

赞举重运动员龙清泉夺冠

少年征战不知愁，憨态从容壮志酬。无意苦心计成败，只凭实力竞风流。

赞射箭运动员杜丽夺冠

自古英雄非自封，登高涉险亦从容。功夫心境俱佳绝，只在成功一搏中。

评刘翔因伤退出跨栏比赛

追风年少耀如星，今审机缘早退兵。奥运精神若长在，何须拼得一时名。

赞残奥会我国残疾运动员

仪表风姿世俗珍，伤残斗士认知新。五官肢体无轻重，奋发精神大写人。

雨中山道上行走

偏怜翡翠谷中行，寒暑晴阴未或停。山雨来时销市噪，雨中道上阔无人。

读《当代百家绝句佳作选》中罗静远等女诗人诗作

诗词本应写心灵，最忌浮文浪墨拼。述事抒情或状物，真情真性女诗人。

『神舟七号』载人航天飞行圆满成功三唱

万物原生宇宙间，直奔宇宙叹何难！千钻万研经营苦，只为横空出世玩。

科技昌明我入流，宏观宇宙认从头。太空无限公开处，人类相携不尽游。

华夏人民壮志怀，践行坚实踏天开。文明古国今犹在，浩宇人间自往来。

喜见枯死树根盆景复活[1]

久旱盆栽似断魂，从头修剪又回春。枝疏根老添新叶，劫后余生也可人。

注：①见前诗《住院半月所喜爱的树根盆景已枯死》。

八旬将至，又住院手术，倍感老病催人感赋三首

书愤

终生相许却蹉跎，无力穷经奈若何。长坐芸窗多兴致，谁知寒袭已成疴。

恋游

年少求知在两山[1]，老来常恋此江干。鸠兹日渐增姿色，而视茫茫不胜看。

注：①大官山、赭山。

惜时

日照霜晨景气清，初冬时节也宜人。花枝疏落鸟鸣脆，莫为年衰误小春[1]。

注：①农历十月为小阳春。

欣闻安徽师大中文系七八级诸贤返校聚会奉赠七律一首

卅载流年世势新，鸠兹风物总宜人。重游俱是潮头客，聚首多为探海人。
胜景常怀经久处，弦歌犹忆旧时声。明朝挥手相辞去，红树霜天满故城。

二〇〇九年

诗记〇九年元旦和县游三首

乌江食鱼

香泉湖畔任车驱，豪宇华楼不问居。欲上王陵需饭食，乌江享我有鲜鱼。

谒霸王祠

气短情长集一身，命途早断愧乡人。江东不渡唯相望，剩有寒涛咽楚声。

读霸王祠碑廊

一从司马著文章[1]，千古纷然说项王。成败兴亡无足论，题词刻石播清芳。

注：①指司马迁的《项羽本纪》。

西江月——为外孙女王霜于归之喜作

初谙人情世故，深怀儿女情长。涂鸦小妞做新娘，髻影红灯若恍。
昨日弦歌甫歇，今宵喜宴华堂。双飞紫燕舞雕梁，皓首开颜瞩望。

芜湖保兴埠生态公园初成印象

水满长渠草满陂，扶疏花木漾清辉。前时户户多污浊，今日家家入画帏。

初春雨后二首

雨后园林石径闲，兴来独步傍流泉。弦鸣何处寻矶石，近在回旋咫尺间。
春雨经旬绿满溪，游人缓踱画桥低。东君步履无声息，栉沐寻踪信有期。

读雨果《一天，两个强盗走进了圆明园》二首

梦幻园林无与伦，奈何海峡两贼人。良知丧尽文明毁，遗恨悠悠永世存。

强暴之邦夜未明，澄清迷氛有贤人。春秋笔下无私讳，揭破衣冠见丑行。

八旬将度自况

将临八旬自堪矜，四处闲游健步行。街景市容常变化，些微增色总牵情。

春晨雨后

春雨经宵涤尽尘，鸟啼花发水澄明。园林好处无时节，一片轻寒也醉人。

游南陵丫山见牡丹园难攀洛阳牡丹盛景感赋

花山石海素闻名，直欲攀登富贵门。魏紫姚红装点过，不如清白自然身。

居　家

居家最爱自然风，物我相容事事通。莫怨鸣禽惊晓梦，复眠还在鸟声中。

胡锦涛主席搀扶地震致残女练习行走

率意随和本色身，搀扶伤女练前行。此间未作深情语，一片平常仁爱心。

晨练所见

数年晨练竹蹊行，植保粗疏未几存。忽见一支长箭出，殷期青笋发为林。

长夏遣兴

近岁趋时网络通，远游常在视频中①。晓来卧习推拿术，尽享黎明入户风。

注：①余八十寿辰将临，晓玲、天剑姐弟赠余电脑一台，近来常让孙儿挺挺教我操作，得以开阔视野。

有感于台湾遭受自然灾害哀小林村罹难同胞

甲仙乡里小林村，应寓桃源世外人。天降狂飙难救助，可怜强掳作天民。

龙爪花三首

小序：六十六年前，余随兄嫂居于山区。余时年十二三岁，常到山涧边玩耍，见涧边野生的龙爪花鲜艳可爱，印象极深。近日在校园内晨练，忽见草丛中也开出几枝龙爪花，甚喜。

几枝龙爪冶秋晨，两地花开一线情。六六年前寻旧梦，寒山瘦水乐清贫。

人老无缘涉旧游，心灵深锁少年秋。芳园龙爪花如火，犹忆清泉激石流。

状如龙爪色如霞，长在幽泉乱石崖。年少笃情常驻足，只图观赏不掐花①。

注：①乡人称此花有毒，不可轻采。

保姆妈妈

寻常弱女志如钢，抚育双孤苦尽尝。名义岂能规职责，人间大爱总无疆。

家　宴①

秋江月出宴华亭，浅饮葡萄也醉人。漫道老夫不胜酒，只缘盛世与亲情。

注：①今年国庆、中秋相连，余八十岁生日也在此月。在外地的子、媳、孙特意赶回家团聚。中秋佳节择天门山风景区望天门酒家举行家宴。盛世、亲情、良宵、胜境、美景俱在。举家老少三代十余人，欢聚一堂，其乐融融，令人陶醉。

无题二首

月华初上露初凝，心志才思豆蔻情。一纸芸笺飞秀笔，流年长逝梦痕新。

千亩芳园碧树森，高飞出没似流莺。羽成不择江南木，长驻巴山蜀水云。

泣谢西邻

小序：抗日战争期间，有日本遗孤在中国人民扶养下长大成人，回国后他们常为之感激涕零。

民族深仇不计嫌，遗孤仁爱大于天。三千皓首东瀛望，泣谢西邻泪雨涟。

游新修成的芜湖滨江公园

阶栏亭榭几多重，随柳寻梅曲径通。嘈杂市声成旧梦，一江碧水古今同。

题镜湖张孝祥塑像

百亩捐田济世穷，游湖览胜仰词翁。诗情未泯身形在，长卧于湖风月中。

二〇一〇年

初春校园漫兴三首

阳回身暖水融冰，柳欲牵丝草欲青。雨湿园林无过客，新春还待老夫寻。

芳园无日不徘徊，最喜幽篁一径开。寻得林禽欢唱处，春风先驻此间来。

八十年过尚健行，视听无碍自然亲。园林信步多情趣，几处时禽变奏鸣。

在天剑、贞贞左岸新居过春节喜赋

解困纾危国运佳，公私履职俱堪夸①。卜居左岸园林好，放眼西窗景物华②。
子媳操持权为客，稚孙劳作学当家。心平不计荣枯事，幸有余年乐晚霞。

注：①次子仇天剑辞去银行职员的职务，自谋职业小有成绩。儿媳在法院工作亦有进步。②西窗正对葱茏的赭山和安师大校园。

参加孙女仇雪婚礼归来，喜赋七律、七绝各一首寄沪上

三月阳春沪上游，华堂盛宴尽风流。依依杨柳双飞燕，灼灼桃花喜结俦。
云步飘移归倩影，瑶台顾盼总娇羞。遥怜细语梁间燕，今夜怡然笑白头。

养育全承父母恩，爷孙少眷喜成人。浓妆卸去将相送，一语双关倍有情①。

注：①孙女雪儿送我登车时对我说：『昨晚爸爸在婚礼上致辞，他的声音很像您的声音。』

游泾县查济古村三首

连绵春雨几经宵，浣女临溪戏弄潮。碧水川流村外去，几多矶石几多桥。

年经数百古民楼，坐落青山绿水头。岸柳园花偎绣阁，古香古色也风流。

百尺门楼画栋飞，荣华昔日想非非。庭阶净扫无迎送，泥落梁空燕不归。

寻丁香树未果

昔年阅读最情痴①，近日寻踪且问师。寻遍校园终不见，芳踪何处有谁知？

注：①在有些文学作品中，写男女幽会常以丁香树为背景，我亦为之神往，但我总是未确认它。近日，有位生物系老师告知我丁香树所在，可我终未找到。

上海世博会二首

中国国家馆

红霞飞阁欲流丹，体势岿然矗宇环。世博园林铺锦绣，万花丛里仰皇冠①。

注：①中国馆的造型似皇冠。

参观丹麦馆小美人鱼

碧海蓝天似眼前，飞经欧亚送真颜①。可怜王子今何在，出水长留人世间。

注：①这座美人鱼雕塑为原件，是用飞机从丹麦直接运过来的。

夏日书斋即兴

八十年过视网糊，蝇头不辨兴难除。卷帘风好迎窗坐，饱蘸羊毫喜作书。

温家宝总理在地震灾区（舟曲）察访视频观后

身处高层体下情，迎难赴险踏泥行，聆听绝处传生息，互致心灵感应声①。

注：①温总理向待救的被困灾民喊话。

滨江公园汛期即景

七月潮升水接天，一毛巨舶过江边。渔舟且系栏杆外，直向游人售网鲜。

有感于我国的大国风范

伟岸身形寿永辉，文明风范自循规。今朝昂首长车驾，何惧他人惹是非。

为电影《唐山大地震》所写的母女情而动情

地裂天崩物尽摧，可怜人性有光辉。娘儿叙到伤心处，局外诸君泪共垂。

读画虎及其题诗①

当关一猛虎，咆哮在山巅。伸出毛茸掌，雄姿亦可怜。

注：①诗曰：『雪暗荒郊射虎天，将军威武猎山巅。弓柔风劲横穿石，独虎当关不敢前。』余读此画，不仅感到虎势雄威，而且感到它更需怜惜。

病榻闲情

暮年人体弱机能，染恙多天卧病身。窃喜老妻陪诵读，吴音变调也堪听。

雪后过校园荷花塘赏梅①

一夜寒风瑞雪飘，腊梅素裹夺天骄。兴来欲赏还宜慎，缓过雕栏白玉桥。

注：①梅园处于校园内的一个四面环水的小岛上。

二〇一一年

冬日过赭山公园

时属隆冬不胜寒，园林寥落自悠闲。岩边一眼泉如注，长使清溪响佩环。

浴黄山温泉喜见高峰秀色

时值新年雪未融，汤泉池畔漾春风。沉浮碧湍温如醉，又见氤氲出秀峰。

新春天剑、贞贞驾车首次载我们直上黄山，忆及昔年上山千回百转、步履艰难

从山高峻雾升腾，晓日冲林迓故人。不见回旋千百转，穿岩飞岭直凌云。

台湾纪游七首

台湾环岛游

北寒南热似经年，峻岭汪洋一眼间。八日环行一千八，方壶自有洞中天。

题于右任塑像

缘为政见走天涯，西望长安不见家。未得葬身高山上，却留长范映红霞。

注：第二句借李白诗句。第三句出自于右任老先生诗作。

游慈湖蒋介石陵寝

山青水碧野禽鸣，陵寝幽然庭院清。借得慈湖一隅地，流离海岛享安宁。

游日月潭因雾气浓重未见湖上风光，待我们离去时才见轮廓

山势逶迤陆客来，芳名远播久牵怀。含羞不予真颜识，人去掀帘绣户开。

有感于导游蔡金龙的热情服务

外海孤悬六二春，硝烟散尽两相亲。台湾民意民情向，尽在阿龙一介身。

赞阿里山神木

巨木千年应有神，横空出世会风云。山深气盛钟灵秀，育此擎天亘古林。

夜宿埔里①

地名有古意，位处岛中心。灯火迎宾宿，晨光送客行。温泉虽可浴，赤裸却羞人。明日登山去，逍遥日月滨。

注：①乘车前往日月潭需经此上山道。

鱼形石

坪上巡游得鱼石，身形鳞目酷如斯。不知此石何年出，沧海桑田无信时。

辛卯春节期间过汤口忆旧

楼台石砌傍溪流，小镇人家处处幽。记得少年长负笈，炉煨干笋似珍馐。

春日小景

郭外疏林傍水栽，清新小景镜中来。栏杆上下交相映，一树梨花两处开。

失恋女

苗条身段面焦黄，出语人怜却反常。频向路人诉衷曲，奈何轻薄负心郎。

与李官连、梁德培等诸君同于翠明园晨练即兴

赭麓之阴有翠明，曾为市井现更生①。树高翘首林空旷，园小寻芳曲径伸。水作泉流琴韵细，山为石砌洞幽深。但闻鸟语无时节，长与诸君共此春。

注：①解放前，此处曾是萃文中学校址，校门一带摊贩甚多。

年少求学远方初得家书情不自禁

少年负笈远方行，初得家书不胜情。避向花间噙泪读，半为欣喜半伤心。

思念凤良尧君

七彩云南结伴游，身形凭尔景中留①。归来常忆滇游事，对此思君总不休。

注：①书架上两帧云南旅游照片为凤良尧君那次与我们同游时所摄，常常因为目光所及而产生思念之情。

夏日傍晚山间杂兴二首

山道修平绿树丛，鸟鸣蝉唱逗愚翁。晚来款步还回复，尽享穿林拂面风。

山里流连不问时，独寻幽境暮归迟。扑棱惊起双栖鸟，飞向林深何处枝。

孙儿挺挺升高中赋赠

耽于电脑误春时，卷帙图书欠感知。教诲孙儿见成效，攻书伏案有新姿。

为出境旅游做体检

老病何曾变性情，山川声色总牵魂。天公惠我余年福，耳目犹能用几分。

西北纪游八首

湟源峡谷途中

黄土岗峦接远山，绿荫夹道似江南。湟源峡谷春风起，赢得文成过此间①。

注：①传说文成公主进藏途经此路。

嘉峪关二首

古陇多关隘，雄风与世存。今多出塞者，不是远征人。

雄关自古镇沙尘，故道深留石上痕。奋上城楼频四望，茫茫大漠接黄云。

过戈壁二首

黄沙千里莽原开，天作云霞幻景来。欲问前朝兴废事，西风残照古烽台。

胡天高远净烽烟，不觉金戈铁马喧。今日驱车飞驶过，取经不怕到西天。

莫高窟

巨佛擎天可掬容，斑斓壁画夺天工。体形色彩身同受，咸与先人情共融。

交河故城

故城遗迹气恢宏，装点砂岩无冶容。错觉时空行若梦，恍然身在大荒中。

天山天池

山光水色绝尘寰，人杰仙姬聚此间。莫道凡人情义重，瑶池寂寞守高寒。

哭李君官连

几经打探几经推[1]，一去求医永不归。往日交游多少事，与君共处梦难回。

注：①李君在芜湖、南京住院期间，因病情较重，我等多次打听，准备探视，都被其家人、医院拒绝。

有感于重孙女萌萌出生二十日，经月嫂助力在床上爬行

初生娇妞甫双旬，调使趋前匍匐行。解得人身原潜质，方能循序育完人。

辛卯冬由一平、吴英操持，在上海邮电医院做白内障手术成功喜赋

子媳驱车势若飞，急情为我意难违。乃翁幸得回春眼，乐享余年尽日晖。

致葛医生

悬壶济世重清名，市井无端任损人①。唯药无行终不治，为医有德可回春②。

注：①市井有人冒葛医生之名撰文，为之鼓吹药物，葛医生公开否认。②葛医生在辟谣的同时，对病人及其家属说的一番话，于病人大有裨益。

于杭州宋城观看《宋城千古情》大型歌舞

西湖歌舞又重生，一领千秋宋世情。极尽浮华衰帝业，弥天战乱祸黎民。

源为良渚流为越，爱绝人寰美绝伦。自古天堂无觅处，苏杭今日更昌明。

忆李君官连兄与我同过南京，为我索得林散之先生墨宝。如今林老和李兄都已作古，见物思人，令人慨然

与君共事过金陵，为我秦淮索艺珍。收得林翁遗墨在，几多风雅几多情。

二〇一二年

欧游杂咏二十首

在飞往罗马机中二首

赴意飞行十一时，噪声枯坐最难持。人生行旅终如是，苦乐相随相伴之。

云外飞行惬意时，云生翼下倍风姿。太空多少迷人景，不得航天总不知。

记邻座一外国小女孩

少女无邪情性通，伶翁不谙刀叉功。频频相顾难传意，尽在回眸一笑中。

投宿罗马市郊一宾馆

阵雨流云入暮凉，菇松径草晚烟苍①。车行处处行人少，一路清幽入梦乡。

注：①在罗马常见一种树干挺直、树冠很高的形似蘑菇的松树。

车过罗马城

古都古色古香多，路石墙基未及摩。今日驱车一往过，满城景致竟如何？

暮游佛罗伦萨

日暮驱车入萨城，当街户户晚凉清。流连闾巷天涯客，憧憬人文海外宾。
暮色未泯金石像，荧光犹照古明星。建成旷世辉煌迹，长忆先贤仰但丁。

游威尼斯

威城直落潟湖中，来往行人赖桨功。入港两开蜃海市，临街一览拱星宫。
幽深水巷摇船过，飞跨横桥接岸通。船上埠头皆是客，相招相应似重逢。

车行意大利米兰至瑞士因特拉肯途中

翡翠围屏一水蓝，山间风物绝人寰。车行千嶂明湖畔，留得空余见雪山。

游经瑞士小镇琉森，忆及一百五十年前托尔斯泰寓此并写出短篇小说《琉森》

百五年前杖履风[1]，明湖雪岭古今同。琉森古镇骋怀事，尚有骚人忆托翁。

注：①古人喻高人行踪为『杖履所至，常有千载之清风』。

进入阿尔卑斯山周边所见（无字歌）

无土不生青，无青不放牲。无花不缀地，无草不如茵。无峰不戴雪，无岭不停云。无泉不飞瀑，无水不晶莹。无人不注目，无处不留春。

于瑞士英特拉肯望雪山少女峰

碧草如茵一望中，郁金香里醉春风。青山缺处珠帘启，喜见晶莹少女容。

登阿尔卑斯山庇拉图斯雪山

电缆飞驰万仞间，瑶台四望喜开颜。无须冒险攀高处，画意诗情在远看。

乘游船游塞纳河

塞纳风光异域情，无花无柳也迷人。人文精粹层层出，碧水泱泱贯古今。

巴黎圣母院

华美庄严气势恢，拱高烛暗意玄微。只缘一著流千古①，赢得名堂永世辉。

注：①据史料记，一八三一年，法国舆论要求拆毁当时破旧的巴黎圣母院，恰好这时雨

果发表了影响巨大的同名小说。众议院决定拨巨款维修巴黎圣母院。这座教堂才得以保存并因而广为人知。

卢浮宫

宫殿绵延举世雄，宫藏何止万千宗。并非来路皆清白，变脸高卢帝国风。

凡尔赛宫后花园

汉唐宫苑大清园，景色娱人情趣添。今见凡宫多意念①，法皇竟是半神仙。

注：①凡宫花园主要以表现美学观念和权力思想的雕塑作品为主，少有亭台楼阁等可供休闲、游憩的设施，这些与中国皇家园林重亲近自然、贴近生活不同。

步行香榭丽舍大街未尽兴

芳名远播是香街，今日随游释我怀。未及行吟过百步①，余程犹待梦中来。

注：①随团游因限于时间，往往匆匆而过。

于巴黎近郊一小宾馆住三宿遣兴

驶出繁华入翠微，小楼花木竞芳菲。老来且作巴黎客，暮雨披风购物归。

欧洲游即兴二首

流云阵雨忽晴明，山野风光也醉人。长偎车窗无倦意，神思手眼动频频①。

注：①靠着车窗，边看边想边动笔边拍窗外景观。

青黄蓝白最为先①，欧陆风姿绝世妍。不避阳光除墨镜，唯图色彩保真鲜。

注：①阿尔卑斯山周边以青黄蓝白等淡雅之色为主，青黄为花草树木，蓝白为蓝天白云。

有感于世界各地游客于塞纳河码头候船盛况

种族文化利害生，今朝聚此不纷争。相挨相顾同期待，一样心肠百样人。

天宫一号与神舟九号载人交会对接，蛟龙号下潜五千米深海相继成功感赋

壬辰夏日百花妍，告慰毛公践预言。揽月九天新辟径，五洋捉鳖勇争先。
从来盛世多成就，自古强邦总惹嫌。唯有吾侪常警觉，不卑不亢广交缘。

记庚辰重阳节老人游园活动

风清日丽九秋高，翁媪游园势若潮。佳节重阳逢盛世，诸多群体出新招。

冬日过校园一僻径

僻径无人逸兴添，草深林茂野禽喧。经年再过寻幽路，仍有诗情在此边。

游芜湖雕塑公园

坐落青山绿水怀，清溪半绕锦栏开。艺文层出无穷境，合一天人入画来①。

注：①此园大型雕塑甚多，均散落在山水园林任一去处。

赞爱情天梯①

凿成石级可通天，不住凡人只住仙。永结同心避尘俗，相携相守到终年。

注：①四川老人刘国江，六岁时初见徐朝清做新娘时的娇容。徐不幸少寡，后刘与徐相

恋。其时寡妇再嫁，为乡里所不容，二人便私奔至深山老林。垒屋、种粮、种菜，过着与世隔绝的生活。其住处山势高峻，刘为让徐能方便下山见世面、会儿女，他凿石块、修阶梯，经五十年劳作，终于修成千级天梯，以偿其愿。

旧居腊梅几经移栽，多年不曾开花，后移至女儿新居庭院，居然应运重开，喜赋

几经迁徙几经衰，截尽繁枝入钵栽。今日新庭见故旧，冲寒应运又重开。

二〇一三年

初春即兴

无花无柳小园清，日影新移席自温。才觉春来何处觅，向阳高树聚鸣禽。

游铜山寺

寺在铜山林隐深，千年古木阅风云。禅堂秉烛抒豪气，不动干戈退甲兵①。

注：①铜山寺地处繁昌附近山林中，寺前有千年古银杏树一棵。据传太平天国翼王石达开率兵西征经此，遇曾国藩兵阻。石达开写诗数首斥曾劝降，曾得诗后退兵二十里。后人据此立碑记之。

乘游轮游三峡一带景区拟赠武汉市女导游

字正音纯情性真，山川灵秀说人文。相期黄鹤楼前聚，阔别苍茫烟水滨①。

注：①此处导游只介绍市区景点和送游客上三峡游轮。

游三峡人家①

三峡人家村寨无，精心构建土家居。天成山水人为戏，赢得风光胜画图。

注：①『三峡人家』景区，大部分为人为景观。

三峡水库建成后首次过神女峰

朝暮晴阴为雨云，巫山风韵最销魂。原知神女思尘怨，幸得船高更近人①。

注：①三峡水库建成后，水位抬高，看神女峰更清楚。

航行赴重庆水域中

高峡遨游几转蓬，巴东山水醉痴翁。舷栏半日消闲坐，一路看山入蜀中。

武隆天生三桥

谷内烟霞谷外云，坑桥一体壁千寻。升沉俯仰连惊叹，上若天门下鬼门。

登芜湖市中山北路新建成的立交桥四望

六五年前读学堂[1]，入租民舍绕池塘[2]。昔年景物今何在，赭岭葱茏照夕阳。

注：①立交桥就建在当年我就读的建国中学所在的大官山附近。②我们租住的民居处于四面环水的小岛上。

亲　情

『人家老太是老头』[1]，似言自家比人优。不是人分三六九，亲情生就是根由。

注：①重外孙张雨泽小时候常常喜欢说『人家老太是老头』。

喜赋两周岁的重外孙女萌萌活泼多动

乖巧玲珑动作多，闻歌起舞秀婆娑。囡囡喜学成人样，拍手躬身戏捕蛾。

题山中采药人

晓梦惊啼鸟，长鸣亦复眠。日高采药去，常在白云边。

油耳干结致使耳闭即兴

耳闭心枯寂坐时，始怜聋哑几分痴。纷繁世界多生息，有色无声半认知。

晴热多日突降喜雨

久旱无边酷热持，身心备烤莫如斯。副高多日逞强势，终有云飞雨泼时。

一次在飞机上的遭遇①

人在天涯远处行，繁难冷暖总销魂。今朝虽未生灾难，相助相扶也动情。

注：①一次，我们乘的飞往莫斯科的飞机，因天气突变，机身颠簸较大，旅客为之震惊。可乘客们相互鼓励、相互帮助，使我为之动情。

俄罗斯纪游七首

有感于在莫斯科近郊投宿印象

入暮投怀路欠通，魂牵梦绕影无踪。莫城郊外迷人夜，只在东邻一唱中①。

注：①指苏联歌曲《莫斯科郊外的晚上》。

访谢尔盖耶夫宗教小镇

玲珑谢镇小方圆，本土居民只数千。比翼楼台超普世①，星辉烛火耀长年②。干戈玉帛常翻覆，伐异求同总是源。显贵平民皆信奉，灵魂归属最为先。

注：①小镇上有很多高耸的教堂之类的建筑，或紧挨，或稍有间隔地连缀成一个整体。

②这些教堂里多半是烛光、灯火，长年不灭。

咏红场

立国不居前，人文荟此边。称红属本色①，华美世人怜。
踏石思千载②，寻根问百年③。源流中阻断，无复昔光鲜。

注：①『红场』的『红』，只关视觉，不关寓意。②据称红场地面石板已有千年历史。
③指十月革命。

车过普希金城

皇村年少一诗人，出入宫廷嫉恨生。喋血硝烟消散尽，空留人望在城名。

过斯莫尔尼宫及其周边有感

绿草红花剩几丛，园林沙径过匆匆。风雷一世马恩列，固守秋风寂寞中①。

注：①附近公园里有马克思、恩格斯塑像。

游涅瓦河及涅瓦大街

涅瓦河街两冠名，人文积淀俱深沉。老来结伴初游此，长忆苏俄昔日情①。

注：①苏联解体前，中国人民对苏联文化尤其文学，感情很深。而我自己还研习过俄罗

斯苏维埃文学，对苏俄总是怀有深情。

游夏宫花园

平民游子历风尘，未识俄皇内禁深。水系长流连大海①，花坞烂漫接森林。琼楼高踞天宫势，玉液飞花阆苑春。出世入尘在咫尺，亦仙亦隐亦人君②。

注：①夏宫花园紧挨波罗的海。②夏宫花园以喷泉多而且美著称。

孙儿仇挺之十八岁生日喜作

分糕燃烛画堂辉，喜祝成年尽此杯。许是明年生诞日，娇孙远作出巢飞①。

注：①挺挺明年考大学。

二〇一四年

海南纪游十首

于海南琼海巧遇陈君有霖夫妇即兴

长居一地久相违，巧遇琼州鬓发衰。回忆昔年文墨事，过从三日约同归。

小住琼海白石岭美岭湖别墅数日

山名白石寓游仙，美岭湖陂绿到天。挥杆飞球越灵穴，不知能否落云边①。

注：①美岭湖别墅有高尔夫球场，地处山水之间，可供人尽情游乐。

泡温泉即兴

月朗星稀夜气清，温存肌肤爽精神。穹高水阔天人近，碧海青空在我心。

傍晚与老伴初涉亚龙湾海滩浪涌

七轮本命属高龄，今日身临大海滨。人在黄昏心未老，浅尝浪涌结谊情。

游大小洞天

依山面海绝尘缘，唯有涛声日夜喧。福地洞天相喻托，愈偏愈远愈成仙。

游槟榔谷遇雨

山重林茂雨云中，散落黎家箬斗篷。花果飘香人欲醉，槟榔高挑木棉红。

游南山佛教文化圣地

自古南山喻寿高，佛光聚此照天烧。寺旁多少菩提树，异域东移分外娇。

车行三亚至海口高速公路途中

通衢要道净无尘，满目葱茏气益清。试问游人欲何往，长年环岛自由行。

小住三亚度假酒店数日即兴

蓝天碧海偎青山，玉宇琼楼落此湾。游子不知身是客，家居几日且安闲[1]。

注：①该酒店客房多居家格局，我们一家老小五人住此处确有居家的感觉。

答谢忘年友陈念先生[1]

十年创业在琼州，山水人文任兴筹。惠我平民老学究，今番且作贵宾游。

注：①陈念先生与我儿天剑为少年时同窗好友，于今在海南经营房产颇有成就。我们此次海南之游，全由他安排、招待。

劳动节校园独步

日丽风和草木香，校园近午踱幽篁。时闻好鸟相鸣和，自觉余生岁月长。

校园晨练有感于回迁张家山在即

旧居拆建拟回迁，近岁常游在此边。满苑晨光风正好，笋尖叶细露珠圆。

五四堂周边小景拾趣

生灵万物自相安，旧馆山林接此间。新竹成行疏有致，小园景隔竹帘看。

送孙儿仇挺之赴沪上大学

才将新舍装潢罢，又送孙儿负笈行。自觉余生多兴味，还期雏凤发清声①。

注：①源于李商隐的诗句『雏凤清于老凤声』。

婺源纪游 六首

咏清华彩虹桥

清华小镇欠清纯，转入林荫隔世尘。忽见彩虹飞落处，青山绿水映空明。

暮游卧龙谷未尽兴

山深林茂气萧森，水石相抟日夜鸣。前景不知愁日暮，通天有道不能升①。

注：①因天色将晚，不能乘索道游览高处景点。

游严田

夕照凉亭石径幽，几多景物动清愁。千年古树生天地，岁月无痕在此留。

与天剑同游汪口岗岭

临河古镇达汪洋，跨越飞桥上岭岗。历尽崎岖山石路，苦中有乐备兼尝。

为李坑风景变味作

小桥流水味全伤，闹市如何落此方？游子归来寻旧梦，还需辨认故家乡。

题上晓起、下晓起两村

上下清溪一水流，村头相望古民楼。晨墟童叟携来往，暮饮归来策杖游。

韩国纪游七首

夜探月尾岛

银花璀璨一厢街，面向汪洋大海开。雪月风花须记取，连天烽火此边来①。

注：①朝鲜战争时，美军在此处登陆。

观朝鲜舞蹈

蛾眉轻扫彩云飘，舞动裙裾面市曹。典雅高丽犹妩媚，始知仙女也妖娆。

光州文化街

街市从来商贾先，休闲娱乐总为偏。光州忠壮文化路，冶性怡情乐似仙。

济州岛观海二首

波浪源流远接天，翻腾卷涌属连篇。老夫傍海行千米，不厌长年在此边。

海天水石总相投，成就风光不胜收。逸兴遄飞输海女①，波澜层里未曾游。

注：①济州岛历来有专司潜海的海女。

参观朝韩边境三八线

柏林墙倒线犹存，路断桥封恨始生。翘首蓝天宽自在，愿为飞鸟愿为云。

在海轮上与群鸥相戏

海天明净戏群鸥，逐浪依人未肯休。敢向人群争一食，赢来欢笑满船楼。

二〇一五年

老伴策杖与余步行过瘦西湖

新年相伴作冬游，日丽风和意兴稠。不作瘦湖车棹客，寻梅策杖也风流。

乙未新春发笔

双娇戏逐画堂间①，四代同圆年夜餐。送马迎羊年八五，家和盛世享安闲。

注：①双娇指重外孙张雨泽和重外孙女孙艺萌，二人都是幼儿。

重外孙女孙艺萌三岁零三个月从沪来芜，与之相处数日即兴

艺萌取号本无心，孰料稚年有艺因。初弄键琴长不息，偶粘纸剪尚成形。
闻歌起舞身姿秀，诵读诗文口齿清。手巧心灵能应变，娇嗔喜笑总天真。

题江苏高淳慢城公园

驱车策杖慢城游，万物原生竞自由。饮食住行多绿色，乡风里俗总长留。

华北、西北纪游九首

游晋祠

晋祠风物思微澜，难老泉流永不干①。古旧亭台新绿柳，朦胧烟霭似江南。

注：①晋祠有难老泉。

投宿平遥古城客栈

古城入暮有风情，石道城楼客栈门。户户红灯照庭院，卷帘迎入梦游人。

在五台山一素餐馆等候与同游诸君共进午餐

髻影红灯话五台，龙钟策杖此山来。高阶险道攀无力，坐待诸贤共素斋。

初夏游五台山遇雨雪

金殿梵宫岭上悬，万山飞雪气森严。果然佛国神仙境，不与人间共一天。

游内蒙古希拉穆仁草原未尽兴

暮入蒙家包帐眠，晓来风动旌旗喧。老夫不敢乘风去，留待清秋梦草原。

重游青海湖先雨雪后放晴

千里长车两度行，圣湖多彩变晴阴。来时雨雪翻晴好，道是无情却有情。

西夏王陵怀古

贺兰山麓夏王陵，垒土巍然亘古存。惆怅千年兴废事，黄沙劲草暮云深。

观山西大同悬空寺外景

人老衣单不胜风，登临乏力叹途穷。犹如海市蜃楼寺，隔岸悬空一望中。

赞悬空寺

绝壁危崖万仞高，超凡人力造天桥。何曾仙子云游过，留作人间胜景瞧。

感事①

负重登阶力渐穷，妙龄少女助衰翁。提箱背向翩然上，美女何须识面容。

注：①我今年八十五岁，近日随团到华北、西北旅游，在途中多买了一些东西，上车站台阶时拖着箱子很吃力。这时从前面走下一位身着浅蓝色短衫、乳白色长裙的姑娘，接过我的箱子很快上了二楼。我还没有来得及看清面容，说声谢谢，她便转身拖着她的箱子走了。我不禁感叹：多美的姑娘！

题张家山领秀城高层新居

放眼葱茏赭麓东，莲塘碧水映楼丛。晚来不厌居高望，华彩江城夜雨中。

悼念大舅兄刘振球二首

君本江南小镇生，风云巨变役边林①。归来半是关东汉，侠骨柔情育后人。

注：①于黑龙江某林场服役。

高树浓荫庭院清，小楼土井守清贫。为人义气披肝胆，秉性刚强愤世情。

长忆茅山同游日，可怜莫窟未成行①。年庚少我先辞世，半属伤神半病因。

注：①他生前最想去的地方是甘肃敦煌莫高窟。

雨中重游茅山

山雨清凉溽暑消，长乘索道且逍遥。灵山胜境连烽火①，耄耋重游逸兴豪。

注：①茅山既是道教名山，又有新四军纪念馆。

夏日晨练忽忆王君明居兄

游兴未阑却早亡①，平庸寿命比君长。晓来僻径无人过，自觉花荫分外凉。

注：①明居兄特别喜欢旅游，生前最后一次旅游是美国之行。

咏石塘度假村

绿色汪洋载一村，群山环抱此间人。不高不峻不奇险，只为宜居好养生。

在山间步道上

万绿丛中几转环，悠长山道色斑斓①。时空甚好秋光艳，定格余生在此间。

注：①山道上涂着彩色标志。

秋女之歌

第一章 檐前寒雀

有女江南商户生，居家殷实好门庭。合家人众皆自得，唯有一女有苦情。
此女生在秋风里，姑名『秋女』述平生。身为刘家大闺女，家里家外受欺凌。
张刘两家旺商号，同堂同院相处好。张家小女若明珠，秋女檐前寒雀苦。
张女泼汤秋女身，秋女呼痛遭父惩。同是两家亲闺女，生活境遇何其殊。
刘父孝顺敬高堂，祖母威势不可挡。一次不适口无味，挑剔咸淡怪亲娘。
亲娘只说还可以，震怒掀桌闹不已。亲娘一气去投河，父扯头发往家拖。
逼娘跪求祖母饶，秋女一旁哭号啕。祖母如此对亲娘，肆虐秋女更无妨。

祖母眼生白内障，误把舌舔当秘方。秋女放学第一桩，口含茶水舔翳忙。
惊怵舌麻不知味，过后常觉心惶惶。寒冬脚冷同一榻，祖母狠踹滚下床。
无奈含泪又上床，蜷缩一角想亲娘。亲娘在世婆虐待，母女命运俱凄凉。
亲娘过世未及年，迎娶后母办盛筵。后母娘家秀豪强，过门花轿跟洋枪。
刘家娶进大龄女，视若家中金凤凰。相比亲娘寒门女，一在地狱一天堂。
前妻儿女已成群，自身不育难做人。后母为人心计深，重男轻女有分寸。
男孩传承续香火，长子长媳视为珍。女孩早晚嫁出去，又非己出少亲情。
后母小妹住刘家，养尊处优若娇花。一日乳房忽疼痛，求医买药遍医家。
桂圆大枣糕点多，小姨病痛供消磨。不意秋女患同病，疼痛无比没奈何。
央求后母应对法，冷言冷语给打发：『找我干什么？你不能找桑根寿家药店去！』
忍痛羞涩去桑家，桑家婶娘落泪花。低声抚慰敷膏药，疼痛随之稍转好。
新年合家添新裳，裁缝进门多日忙。别人试穿新衣喜，秋女捧料忧愁起。
说是裁好自己缝，也是女孩学女红。秋女年幼无此能，求助邻居好大婶。
大婶闻知事缘由，搂住秋女泪珠流。一针一线手把手，半教半替衣成就。
后母施虐不施暴，秋女只觉命运糟。不如出走离家去，未来前途或可好。

反思闺中十七年，多有辛酸少有甜。有些并非个人为，旧式家庭是病源。
男尊女卑加孝道，传统习俗仍绵延。市侩功利更势利，夹杂混用无是非。
姑且概括称之为，封建市民旧家规：姑嫂身份相平齐，嫂用便器姑刷洗。
不是因为家贫穷，秋女逼作童养媳。举家避匪越墙逃，独留秋女哭号啕。
桩桩件件不平事，对人轻视与压制。丑鸭出走廿年多，翻飞变作白天鹅。
昔日刘家难容女，如今视作香饽饽。二老生活有欠缺，秋女经常寄补贴。
后母颈脖患肿瘤，为求活命秋女投。以德报怨为医治，活过百岁还出头。
每隔几年返故乡，奉金献礼孝爹娘。每逢时节倍思亲，分头汇款慰亲人。
身在异乡怀故土，小家大家均在心。方山茅山暨四海，一片中华赤子情。

第二章　乳燕初飞

秋女芳龄十七春，初明世理与人情。檐前寒雀终无悔，誓作出巢乳燕飞。
同学包君参军去，为何不早去追随。所幸姨娘可接纳，出走投亲少是非。
刘父问女为何走？秋女禀父父有愧。家庭如此对待我，出头何日有机会。
祖母得知秋女走，一反常态伸出手。虽然只有五元钱，比起他人尚可圈。

父母兄嫂一帮人，无人出手掷分文。平时积攒零钱少，囊中羞涩出家门。
后母反说难听话：『她走，早上走，晚上就会回来！』此话出自后母口，
意在刺她不回头。恰随便船金坛去，长夜孤舟桨声悠。凄风苦雨人无睡，
泪湿青衫想回转。同舱店伙劝开言，回转更遭后母嫌。不如挺身出门闯，
未必不能苦变甜。天明雨霁到金坛，头昏腹饥口舌干。辗转南京孝陵卫，
专访姐夫大部队。部队探亲招待好，同住军属互关照。姐夫下班常探望，
生怕被薄加军氅。军营情意暖人心，天涯随处有亲人。振奋精神安徽去，
芜湖客栈夜存身。服务人员相约定，明晨专送上小轮。灯光暗淡跳板高，
心情慌乱未细瞧。一脚踏空人摔倒，腿脚伤痛直呼叫。可怜秋女如何好，
同舱众人都心焦。丹阳大娘情意深，为之抚摩多温存。得知秋女此何往，
绿衣使者愿帮忙。找到无为马道口，报知秋女亲姨娘。姨娘不识秋女面，
呼喊乳名几多遍。秋女接到姨娘家，先热后冷有反差。初来养伤供羹汤，
早中晚餐都像样。姨娘善待有算计，欲让秋女做儿媳。自从提婚遭拒绝，
表情冷淡面如铁。一日三餐难周全，反说秋女饭量添。致使秋女更难堪，
月例用纸都为难。街道邻里得知情，都说姨娘欠做人。深谢近邻陈氏女，

常邀秋女过家门。贴心话语忘愁苦，补充饮食更情深。又遇热心孙氏女，
介绍秋女到林井。林井小学未办成，又转红庙教学生。学校办在祠堂中，
放学学生都走空。秋女年少怕独处，晚邀女生与共住，晨来红庙集市闹，
中午一片静悄悄。露水集市她不知，疑为走错惹人笑。出门在外长见识，
时时处处知不足。教学卖力更认真，师生之间生感情。每逢节日或例假，
瓜果粽蛋难拒赠。只是一人在外边，无依无靠怪可怜。有人介绍来提亲，
相处多日终身定。男方任职县城里，自主完婚无顾忌。工作处所调城厢，
职工学校教师当。自知无甚专业功，抓紧学习不放松。主攻函授会计课，
边学边用求融通。教师转而当会计，企业机关多调动。十八九岁求进步，
共青团员不辜负。添得小女为人母，家庭意识更牢固。工作学习与家务，
三个方面都兼顾。本职工作拿得起，一生事业征程启。工作家庭俱奠定，
乳燕初飞似告成。

第三章　惊鸿振翅

反右运动风云起，秋女身世有存疑。一时之间难理喻，背上右派分子名①。

左思右想心不平，不如一挂了此身。娇娃半夜起夜醒，大呼如此万不能。
秋女突然变主意，偏要活得有精神。罚往广德农场前，路过芜湖高校边。
携娃进校看三叔，三叔未予多接待。可怜母女相携影，长在三叔心内存。
初到农场蔬菜队，不怕艰苦不怕累。两只水桶挑得起，脏活苦活不回避。
早出晚归近一天，女儿留在宿舍边。委托他人给吃喝，玩困睡着真可怜。
经受风雨寻常事，冷热饥渴留病源。一日忽然爬不起，高烧不退人危急。
急奔场部求领导，救人不能误分秒。翻转竹床当担架，六个劳力轮流倒。
夜到湖州发急情，扑腾跪倒求医生。医生确诊措施准，吊水服药病情稳。
一夜用药已生效，天明醒来把妈叫。体弱不能进硬食，捣碎西瓜喂瓜汁。
回场心情稍宽松，只愁女儿难恢复。三年灾害举国难，农场生活也维艰。
场方给予特照顾，每餐领点稀糊粥。女儿捧碗撒起娇，说起话来有蹊跷：
『妈妈，你那碗好吃，我们换着吃吧。』原来女儿疼娘亲，美丽谎言痛人心。
每天一点稀糊粥，女儿实在难恢复。写信回家给云妹，与之商议怎应对。
云妹不日来农场，带回女儿老家养。女儿走后虽孤单，日夜思念泪珠弹。
不久调到养猪场，调整生活与思想。猪圈相距住处近，精心养猪好使劲。

小猪进食不干脆，抱在怀里单个喂。一日小猪钻出圈，坠入水中就不见。
秋女不顾不会水，跳入水中捞几遍。所幸水深未过人，人和小猪俱生存。
大猪小猪养得好，农场同人都知晓。秋女推上先进位，参加全省养猪会。
人生波折何其多，秋女又遭飞来祸。一日牙痛去就医，忽报猪场失了火。
闻讯赶回见住房，一片灰烬烧精光，火灾烧毁是物质，精神状态也受伤。
想起女儿在老家，不如一起回乡下。空身回到父母家，表姐父母有反差。
表姐夫妇挽留派，后母一如往常态。『不就是要赖在家里，让我们来养她。』
父亲顺势说道理：『嫁出门的姑娘泼出去的水，在哪里跌倒，就在哪里爬起来。』
秋女听后思想转，浪子回头金不换。秋女出走非浪子，回头能否金不换。
六年拼搏有成效，再拼几年让他们瞧。刘父卖来一布箱，交与秋女当行装。
再次踏上出走路，重振勇气回农场。农场生活一如常，有待秋女站好岗。
克勤克俭置衣物，平衡心态向前方。树欲静而风不止，华阳传信前夫死。
遥望远方无所向，长夜无眠独神伤。一日总场通知来，生活大门又重开。
派往地区商业局，及时报到履新职。翌日登程赴芜湖，阳光明亮照前途。

第四章　闻鸡起舞

真金不怕火来炼，三年磨砺秋女变。少了青春火热情，增长坚强与耐心。
往事不堪回首客，而今迈步从头越。走出农场调机关，尽职尽责埋头干。
女儿老家未接回，早出晚归在单位。机关领导甚惜怜，如此小鬼怎受冤。
前夫三姐来探望，面对秋女心忧伤。年轻单身抚幼女，可与鳏弟结成双。
双方各有一子女，组成一家很相当。经过三姐一说合，梅开二度也芬芳。
夫妇分居两地方，丈夫高校教师当。秋女机关出差忙，便让女儿在夫旁。
男孩住宿上初中，又让转学住家中。力求全家在一起，清苦生活好打理。
国家三年困难期，粮油肉蛋果蔬稀。凭卡凭卷买食品，精心安排求平稳。
起早摸黑去排队，些许困难无所谓。买些油渣挂厨房，兄妹二人偷着尝。
过后还要去遮掩，秋女发觉心感伤。薪金低微物资少，年幼儿女怎能扛？
丈夫在外吃食堂，口粮定量很紧张。农村侄儿来治病，他的口粮又减份。
秋女家中挤又挤，补助丈夫填肚皮。党和人民齐共济，生活前景有希冀。
『文革』十年变化频，所在单位几换名。财金财税财政牌，财务圈子未离开。

秋女与财结缘好，工作业绩节节高。行政级别升三级，专业职称达高标。
高级职称申报难，专业考核第一关。整理撰写成果报，还过英语考试关。
日夜背诵原材料，明知设卡也迎难。身为高级会计师，受邀讲课不推辞。
家中备课无早晚，教材教法求融通。小块黑板挂房中，认真演练教学功。
先做学生后先生，勤学苦练好精神。身为机关总会计师，内外事务均操持。
下层单位勤走动，少说空话办实事。企业经费难维持，帮助审批不宜迟。
主动出马跑省厅，批下数字超申请。地区领导很高兴，常派秋女办事情。
省厅领导很信任，上下交往有感情。主管上司女厅长，恳要秋女退住房。
住在家中更方便，亲自下厨做早点。其他领导也器重，探病家访常慰勉。
本职工作抓得好，按时按质做年报。每遇年终有关会，受到表彰少不了。
曾在局里搞企财，先进个人帽子戴。地委行署两部局，评她先进工作者。
只因办事人缘好，局里私事也操劳。某局女儿婚嫁事，也劳秋女费心思。
青年干部人数众，有事也来找刘总。妻子生产有难处，秋女为之来做主。
旁人不知是领导，错把秋女当月嫂。这类事情非个例，不少干部常提起。
大事小事一把抓，辛苦劳顿不说话。秋女能力比较强，善结人缘走四方。

穿上围裙下厨房，脱下围裙上厅堂。家里局里省内外，劳神劳力也风光。
中央财政学习班，调去学习情绪满。亚运盛会观摩团，优待盛况更心欢。
青岛财政休养院，休闲旅游党恩谢。秋女终有一愿望，力争早日加入党。
地区领导多关照，与之谈话交心肠。支部大会届时开，虽经曲折过关来。
秋女为人素正派，也有委屈被误解。一次审计来反映，某县查账有凭证。
涉及秋女收礼品，原来某年春节临。拒收礼品未拒成，随即汇去所值金。
留下汇单待查证，亮出汇单事澄清。彩色电视刚时兴，有关单位送上门。
秋女拒之于门外，惹得孩子流口津。芜湖宣城大分家，想在芜湖市留下。
有关单位已说好，宣城领导坚持要。宣城上班麻烦多，带来损失没奈何。
工资硬是少一截，出行两次遭车祸。从此作为伤残人，无复出入机关门。
此时未到退休年，早做老鹤度林泉。说起休闲这些年，秋女曾作如此言：
二十多年身休闲，于人于己总相安。先苦后甜犹自得，苦中有乐苦变甜。

第五章　鹤渡林泉

宣城上班家住芜，往返频繁在路途。一次司机操作误，冲入河沟水干处。

侥幸生还忒惊心，以后乘车精神聚。祸不单行再撞车，秋女重伤股骨碎。
就地治疗低水平，错估伤情只牵引。老伴开会通知到，不察伤情赴上饶。
未料才去不几日，伤情恶化需开刀。可怜音讯无法通，年轻子女无所从。
医生贸然动手术，医院条件不充足。麻醉过度长不醒，女儿哭守三天整。
由此带来后遗症，促使年老健忘生。术后秋女特坚强，含泪苦练常下床。
地区领导很关怀，常到医院来看望。结束治疗康复期，半汤、青岛去疗养。
先有保姆长陪护，随后老伴在身旁。半汤数月最难忘，后山松林好时光。
傍晚携手听鸣禽，草丛捕蝶又放生。忘归人在月明中，卧依山中驼背松。
半汤归来未及年，青岛疗养住多天。开窗临海烟波渺，晨昏晴雨望海潮。
不顾相扶步履艰，浪花飞溅也安闲。崂山红白两株茶，百年斗俏海之涯。
人生有命自然活，养性怡情自得乐。秋女康复如常人，开始自费旅游程。
苏杭二州誉天堂，首圆儿时之梦想。夜宿太湖水秀园，涛声轻击扰人眠。
晓来乘兴入蠡园，湖光花事两相妍。秋女迷路在花间，慌乱吐痰罚五元。
倾盆大雨到杭州，雨歇清凉游兴稠。风劲衣单老伴病，求医暂停千岛游。
苏堤景美路悠长，秋女策杖难尽赏。老伴鼓劲又相随，一乘三轮一助推。

丙子中秋三峡游，披风赏月在船头。秋女半夜发高烧，翌日上岸烧退消。
三峡游程较辛苦，登船登岸相扶助。白帝城高在山巅，秋女只能乘舆肩。
桂林山水甲天下，壮乡婚俗多佳话。老伴不意中彩球，笑得秋女眼泪流。
秋女致残九年半，假肢磨损需重换。上海长海医术高，手术误差无分毫。
无奈护理人粗心，造成两次脱位疼。终以石膏来固定，秋女久卧受苦刑。
天热流汗不洗浴，大小方便难自理。老伴终日陪床边，照料开导苦周旋。
一经拆去石膏裤，大儿背回上楼住。康复休养好多天，专车接回很安全。
再次手术很成功，不见行动有异动。又对旅游生劲头，常挑远方名胜游。
九寨流连一日间，秋女瞻前顾后难。忘情山水离导游，紧跟导游难尽看。
速拍几张水韵照，好供回家梦魂绕。黄龙五彩池水多，怕乘肩舆会错过。
秋女携带氧气瓶，未能使用总忘情。山之魂灵张家界，游完两日还期待。
金鞭遇雨人无奈，秋女乘舆兴未衰。十五华里雨中行，行尽画廊天转晴。
山形酷肖人与物，群猴争食齐上路。七彩之乡好云南，山苍云白洱海蓝。
游船停靠湖心岛，尽尝湖上鱼虾烤。秋女不觉鱼味腥，只觉味美有风情。
车行直上丽江城，家家流水映红灯。轻歌曼舞人无数，游人且和且共舞。

秋女喉痒难自禁，随着节拍发歌声。束河古镇大街头，茶马古道有遗留。
楼台临水成街市，有人专扮名人物。招揽游人摄合影，作秀也成生意经。
秋女意欲照一张，老伴迟疑未拍成。香格里拉藏民家，唐卡佛龛真豪华。
藏家待客有盛情，合家歌舞好视听。糌巴青稞酥油茶，秋女啃肉不说话。
随团旅游台湾岛，大龙接团把游导。八日环岛旅游行，深感炎黄骨肉情。
龙导声声亲人叫，服务照料真周到。飞往欧洲十多天，罗马游览最为先。
菇松流云近傍晚，楼台花木无栏杆。路上行人车马稀，郊区宾馆也阔气。
客房设置多别样，泳池长廊供人享。宾馆晚餐无供应，广东餐馆靠附近。
餐馆相遇同游人，秋女买单结友情。罗马古城看不尽，斗兽场前最留神。
游程紧迫未进入，秋女购得一模型。古迹文化数千年，保存维护真周全。
潟湖之中威尼斯，入港观光人欲痴。丢失茶瓶不觉得，口渴才觉茶瓶失。
贡多拉穿街过巷摇[2]，船上埠上人相招。比萨米兰一离开，投身阿尔卑斯怀。
雪山草地流泉飞，牛羊小屋散翠微。索道乘上雪山嘴，上望雪峰下碧水。
山顶乌鸦最喜人，黑羽黄爪落手心。晨出忘了备干粮，午餐空腹心发慌[3]。
同游分予甜面包，秋女顿觉情绪高。铁塔凯门香榭道，魂牵梦绕今游到。

游程紧迫难勾留，牵手留影百步走。法国大餐名远扬，不惜昂贵且一尝。
黄昏车近莫斯科，郊外夜晚竟如何。红场克宫游览了，列车乘往彼得堡。
令人振奋彼得城，古色古香文化深。广场铜像纪念柱，游客缅怀把足驻。
涅瓦大街有气派，涅瓦河游更开怀。面包水果鱼子酱，饮料果汁满杯香。
歌星游客相投怀，秋女笑得东西歪。夏宫花园最宜人，森林大海互为邻。
前望海域芬兰湾，后望林边飞喷泉。文化旅游韩国行，直渡黄海乘豪轮。
光州歌舞中韩献，仁川夜访好风情。海景首推济州岛，浪花礁石值得瞧。
矮马骨硬喻志坚，海女探海敢为先④。韩游返程台风来，原乘游轮不能开。
改乘青岛四等舱，长留舱外看风光。海轮下午近青岛，海上风光无限好。
海鸥逐浪随船行，飞到船边与人亲。秋女举手喂食频，啄食飞去乐坏人。
人鸟同游好境界，生态良好最怡情。高龄出游有门槛，秋女老伴跨槛难。
澳大利亚是一例，受阻之后改内地。近年两度游西北，华北局部也连带。
秋女胞兄被邀请，三人结伴同登程。太原平遥五台山，名胜古迹不厌看。
乔家大院巷道多，舅兄忘情路走错。所幸终于归了队，一场虚惊未遭罪。
秋女今年八十整，身体健康有精神。唯有记忆有欠缺，麻醉过量深痛切。

老伴年过八五春，喜爱行旅作诗文。二人游兴仍然高，相约再有几年跑。
倦游长驻归林泉，九莲塘畔有家园。

注：①后来得到改正。②威尼斯是水城，这里有一种叫『贡多拉』的小船，专门用来载游人游览水城，船形似月牙，两头翘起，由一人摇桨，穿行水巷中。③头一天晚上导游就招呼游客，各自准备干粮，供中午在雪山用餐。可秋女等只顾到街上溜达，忘了这件民生大事。④见《济舟岛观海》。

纪游 六首

重游桂林①

久雨初收欲放晴，十年旧梦又重温。漓江宛若寒门女，绝色天成自守贫。

注：①重游桂林，自然风光依旧，交通、旅游等基础设施与十年前没有多大改变。

游越南下龙湾天宫洞

海上仙山有洞宫，万千景象尽藏中。莫愁海上幽居日，竟岁流连兴未穷。

登天堂岛

攀缘石级苦登临，助我漓江杖一根①。愈是升高愈佳绝，下龙远眺更迷人②。

注：①在桂林买了一根手杖，正好攀高时派上用场。②天堂岛自下而上有台阶数百级，分三个层次，每个层次都有观景台。每升高一层次，景色、境界愈美。

月亮湖①二首

壁立群峰四面严，翻如钟鼎口朝天。谁人探得桃源洞，俯入瑶池便是仙。

注：①大海深处另有山海作景，名为月亮湖。景点的入口呈半圆形，乘船进入，势欲低头。

无风无浪碧如莹，明月壶天镜一轮。人乘轻舟摇桨过，不知身下海多深。

在越南境内途中所见

正看狭窄侧修长①，少见门窗多见墙。道上长驰摩托阵，芭蕉成片掩村庄。

注：①越南路边民居，多是门面窄、进身长。据称越南有『三瘦』：地形瘦、房子瘦、女人瘦。房子瘦就是指门面窄、进身长的独特样式。

二〇一六年

有感于神山公园二首

山道蜿蜒林涧幽，神山换貌几春秋。荒村野岗今何在，山水园林任款游。

醉翁德政在滁州，绿岛神山展壮猷，偌大城中老少众，终年游憩兴犹稠。

丙申早春与老伴在神山公园放风筝

日白风高二月天，神山春早柳丝牵。翁婆耄耋童心在，斜卧长坡放纸鸢。

游褒禅山想及王安石《游褒禅山记》二首

游记文章吝记游，借游说事志难酬。为文为政非常格，拗相声名中外流①。

注：①列宁称王安石为中国十一世纪的改革家。

华阳古洞水为灵，探胜需延摆渡人。瀑布飞花惊喜过，流泉踏石慎扶行。
悬灯方可穿岩远，执炬难能入洞深。幸得荆公多灼见，借题挥发著鸿文。

循山间古道往游古昭关

山间古道傍清流，一往昭关忆楚囚。峭壁彰名真铁铸①，枯荣草木几千秋。

注：①古昭关旧址有悬崖峭壁，后人用铁铸『昭关』二字置其上，字体大如城门。

喜得继贞、天剑赠予的紫藤盆栽

雨蚀风摧古拙呈，春来起舞弄风情。不求叶下垂链锦，但爱枝头卷绿云。
终为身残枯老死，欲从山野觅新根。体情最是吾儿辈，赠予盆栽喜不胜。

惜 春

红杏夭桃杨柳丝，因耽阴雨探春迟。老来爱计流年事，怕误春光有限时。

晨练即兴

耄年体质自然衰，晨练时空应畅怀。寻遍嘉园芳草地，春阳何处最先来？

初次客居一平、吴英新置的南翔别墅四首

芳园五月放榴花，草长荫浓错认家。寻得琴声传出处，临窗敲键是娇娃①。

注：①重外孙女萌萌在课余时间练琴。

二老同携五岁娃，暮游景色认偏差。娇娃夺杖穿幽径，直指红花月季家。

晓来雨湿花枝乱，近午风清蝶翼闲。半掩篱门楼阁静，荫荫夏韵满园间。

育女培孙历尽功，老成儿辈振家风。名城佳苑留连日，尽享天伦四世同。

雨天偕老携幼于健身房活动

园林雨湿困家门，偕老携娃去健身。旧技久疏如履薄，新玩初涉反舒心。

娇娃命我追随戏，老朽由她倍娱情。耄耋衰年浑不觉，身心愉悦似回春。

雨中与家人同游上海迪士尼小镇

天涯咫尺地球村，落在申江绿野林。街市玲珑童话境，雨中舞伞小精灵①。

注：①五岁的重外孙女萌萌，最喜跳舞，路过小广场，天虽下雨，但她还是擎着小花伞旋转。

在天剑、贞贞陪同下，夜游乌镇西栅

夜色朦胧月上梢，波光灯影映虹桥。桨声欸乃游人倦，翁媪随缘共此宵。

参观茅盾纪念馆暨茅盾故居等古迹后感

馆邸前横碧水流，泱泱千载思悠悠，梁时典籍唐时杏①，荟萃人文旷世留。

注：①乌镇西栅有梁昭明太子萧统读书处和唐代的古银杏树。萧统所编《文选》被视为我国古代典籍。

与剑芒兄同哭秀兰姐①

暴雨水灾成，传媒报警频。忽来噩电讯，哭诉故人音。
久病多关爱，长辞痛至深。悼亡诗读半，饮泣不成声。

注：①丙申六月初，南方多地暴雨成灾。忽接老友赵剑芒兄电话，告知其妻蔡秀兰姐病故，不禁与之同哭。

电视剧《海棠依旧》观后感①

睿智贤明誉世寰，残灯燃尽直披肝。海棠依旧春风里，唯有斯人未竟看。

注：①该剧主要反映周恩来总理晚年的情况。

里约奥运会入场式观后感

行色风姿各自殊，万花竞放在花坞。共营环宇新天地，争斗强权永世无。

有感于脑梗病后

老来健步习为常，今日蹒跚我自伤。悟彻人生多变故，任由苦乐也安详。

病起临窗展望

身心憔悴有斯人，长卧高楼一病身。策杖临窗舒眼望，常年风物也如新。

大病初愈湖边小坐

隔岸遥闻丝竹音，波光云影弄晴阴。平湖泼辣见鱼跃，一片生机入我身。

过当涂大青山李白墓风景区

久仰英魂迟访陵，青山犹自永长青。何来比比诗人号，尽属浮文浪墨名①。

注：①景区多处道路、酒店、设施，都以诗人李白的名号命名，有些命名不够严谨。

谒李白陵园

亭台幽静柳丝青，阅尽碑林入境深。千古明贤高卧此，萋萋秋草葬诗魂。

二〇一七年

丁酉新春小住伟星城晓玲寓所

最喜徜徉山水隈，春寒趋暖享重帏。年衰不胜庭园冷，隔个窗儿赏腊梅。

在天剑、贞贞家度元宵节

佳节家人应节忙，我操平板学轻狂。荧屏歌舞多情趣，另有温情暖足汤①。

注：①一边看电视，一边儿子、儿媳忙着给老俩端水泡脚。

为重外孙女孙艺萌才艺点赞

键弹嫩指奏鸣簧，笔绘童心彩凤凰①。更喜娇娃作新态，花巾披作舞衣裳。

注：①她画了一幅彩色大雄鸡。

因感冒避居南翔别墅

隔绝娇娃另置身，卧床养息惯长吟。庭空不见呢喃燕，华宇疑闻空足音。

新春偕家人于上海静安寺公园赏梅

雨细风寒气益清，梅花照水倍风情。长留老劲横斜影，更有经寒不老心。

『一带一路』二首

『一带』

闯出天山风雪中，长驱直驶亚欧通。东西双向长无阻，近有芳邻远有朋。

『一路』

汪洋沧海遍行踪，万里扬帆华夏风。互惠互赢谋福利，只求交友不称雄。

乙酉清明忆旧

白发年衰强自支，遥怜春草覆青丝。只缘年少难持己，痛惜芳华结偶时。

香港回归二十年庆典有感

秉持公理屈豪强，昂首回归国运昌。二十年来经风雨，紫荆更艳五星扬。

为一段视频点赞[①]

大雨香江巨舰陈，娇娘撑伞慰雄兵。相依相托情谊重，一样心肠两样人。

注：①在庆祝香港回归二十年之际，停泊在香港的航母上一解放军战士在雨中肃立，身边一年轻女士为之撑伞。穿白色制服的战士表情宁静、严肃，穿紫色上衣的女士亲切、自然。两种风貌，一样心肠：体现了军民鱼水情谊。

金秋时节购得数盆花卉即兴

才辞酷暑享清凉，佳节生辰喜气洋①。值此金秋好时节，年年此刻我轻狂。

注：①今年国庆、中秋紧连，随后我与老伴及外孙女王霜、孙儿仇挺之的生辰又接踵而至。

赞党的十九大『党代表通道』

烂漫秋光满古城，寰球翘首望红星。俊男秀女寻常见，多属翻天覆地人。

随团游石台黄崖峡谷二首

秋深泉势弱，人老身心迁。不敢登高处，长留野墅边。

秋山看不尽，翠色满车程。我欲醉山野，缘溪岭上行①。

注：①此处有以『缘溪』命名的山道。

二〇一八年

欢度戊戌中国年感赋长诗一首

甲子两回轮①，中华国运新。民生多福祉，民族立强林。千家皆一梦，万户总同春。
五洋沐夏雨，四海唱卿云。时逢佳节至，举世俱欢欣。人类大迁徙②，海陆空升腾。
出境不问俗，异域多红灯。入境不设禁，远客若比邻。国际众头面，齐发贺岁声。
回顾近代史，感慨颇为深。古代文明族，辉煌千载春。称大自封闭，不知域外情。
一经沉沦后，世人不垂青。列强竞施虐，民气弱不振。擅自设园禁，本属咱家门。
中华重振起，自有后来人。精英报国士，矢志在初心。浴血图昂首，辛劳拯弱贫。
志坚步履健，两创有才能③。可揽九天月，可捉五洋鳖。科技多领域，位居世前列。
阔步阳关道，制度有高效。亟治污腐贫，急难如神到。睡狮既已醒，西方忌恨生。
和平大竞赛，常为中国赢。冷战思维起，世界不安宁。国人紧跟党，必能驭风云。

人类共命运，互惠又互赢。何以乐天下，何以友世人。坚持四自信，永葆中华魂。

注：①戊戌变法发生于1898年，距今已一百二十年。正好是两个甲子轮回。②国际上有人戏称中国的『春运』为人类大迁徙。③大众创业，万众创新。

初春漫步中医医院花园即兴

花开草长浅池清，曲径回廊策杖行。老迈难能劳远足，不知郭外几多春。

因病多日不来九莲塘，今日喜过

柳叶垂青花满枝，山茶千树竞芳姿。今朝喜过黄金路①，险误春光烂漫时。

注：①是对九莲塘环道迎春花盛开的比喻。

激情与诗情

民族精神爱国忧，火山喷发有前因。激情并作诗情起，美妙原存赤子心。

注：在二〇一六年莫斯科世界杯足球赛上，克罗地亚夺得亚军，一位克罗地亚女球迷动情地说：『我们的奖牌是银色的，却是金色的味道。』

得知重外孙张雨泽学会游泳喜赋

三年练就小金刚，击水清池任徜徉。记得当年琼海浴，终能娇弱变坚强①。

注：①二〇一四年春，我们一家老小五人同游海南。重外孙张雨泽在琼海泡温泉时，一下水就害怕，吵着『我要上去』，弄得大家很扫兴。

二〇一九年

己亥新年发笔二首

宇宙茫茫无际涯，敢于竞渡世人夸。嫦娥执意存初志，又探蟾宫另一家①。

注：①探过正面，又探背面，故言另一家。

新年伊始好音多，两岸春风荡浩歌。特遣嫦娥奔月背，还教玉兔拓新窝。

年将九旬自况

衰年谢绝走天涯，常在寒冬守暖家。偶对向阳窗外望，满园飞雪乱梅花。

住院偶感

老来多病苦情生，日久常依欲暂分。偶有一时不相见，相怜相恋反为深。

诗记己亥清明返乡为先父先母修坟立碑

几经时代变风云，未得青山奉祖茔。今日立碑留故地，好教后辈认先人。

祭扫亡姐仇传诚之墓所见

短碑披荒草，青冢背疏林。山庙传香火，禅堂听诵经。老姑说方桌①，年久髹如新。唯有斯人物，怀思若此深。

注：①吾姐仇传诚，生前与一寺庙关系甚密，临终前将所用之方桌赠予庙方，死后葬于庙后。多年来此方桌一直置于该庙禅堂一侧，并加油漆保护之。

不识爹娘只识花①

万物生灵自有家，河流油菜育成她。可怜幼小心灵里，不识爹娘只识花。

注：①一位生于四川遂宁的女子，小时候被拐卖到山东济宁，近三十年来，时时想念爹娘，但对爹娘是什么样已经没有印象，只记得故乡的河流和河边的油菜花。经有关方面寻找，姐姐陪同父母捧着带泥土的油菜花，千里迢迢与妹妹相见，令人感慨。

莲塘漫兴

前时柳叶倩如眉，今见杨花若雪飞。闭户不知春色老，人生难得忘怀归。

致慰某生

从来儿女总情长，迈步人生或致伤。且喜男儿终有志，无须向隅转柔肠。

有感于中美摩擦及其他

名为『中国』实相当，万国衣冠荟此邦。今有狂人兴风雨，神清力聚志坚强。

悼念后琼侄女二首

年幼辛酸自奋蹄，奉姑育子致家齐①。艰难度日沉疴染，未及天年早乘西。

注：①从小父母离异，她便与寡居的二姑母相依为命，并为之养老送终。②我比后琼长十几岁，她却先我而去，故言早逝。

瘦小身材唤『小三』①，明眸细齿语喃喃。三年举国艰难日，嘱我归来共饱餐②。

注：①按大家庭排行算，她是第三个孩子，故小时候叫她『小三子』。②那些年，口粮、副食品紧张，他们夫妇与二姑母勤劳细作，种些山芋、胡萝卜，聊以果腹充饥。

秋浦情怀①

欲往秋浦秋水长，明珠未就待成妆。归来夜梦歌声里，明月寒川听赧郎②。

注：①幸福澜海拟建『秋浦明珠』康养中心，我欲往视，随之想及李白作《秋浦之歌》，因以成诗。②《秋浦之歌》之十四，有『赧郎明月夜，歌曲动寒川』句。

小住彩虹园银湖康养中心遣兴二首

绿杨堤外有通衢，隔水华灯望市墟。翁媪消闲寻净土，彩虹桥畔访仙居。

有风来仪落此湖，江城宝镜更添珠①。渐开晓雾三桥②出，烟柳亭台似画图。

注：①芜湖原有标志性的景点是镜湖，凤鸣湖（又称银湖）为近年新开辟的风景区。②

三桥：一是直通银湖路的银湖大桥；二是新建在银湖大桥上的轻轨高架，如同又一座大桥；三是建在银湖公园内的专供游人步行游览的湖上长桥。三桥并行，实为奇观。

后记

二〇〇三年，我把我前期写的四百多首诗（其中有少数词），交给了北京文化艺术出版社出版，书名《明碧轩吟稿》。由于时间仓促，加上两地相距较远，联系不便，书出来之后，渐渐发现有一些刺眼的错别字和不尽如人意的地方。最近十五六年来，我又陆续写了四五百首诗，于是就想把已出版的《明碧轩吟稿》经过修改和后来写的诗合在一起，作为增订本出版。

愿望终于实现了。在这个过程中，先后得到安徽师范大学文学院夏和平同志、余大芹书记以及安徽师范大学出版社侯宏堂总编辑、辛新新同志的大力帮助与热情关照。为此，我谨向诸位致以深深谢意。

由于我近年来年老体衰，力不从心，便把出版前的一些杂务，如打印、编排电子稿、校对等交给了女儿刘晓玲；上海大儿仇一平也参与了文字上的勘误，我为之感到欣慰。

仇幼鹤

二〇二〇年四月